Alois Flir

Briefe über Shakespeare's Hamlet

Alois Flir

Briefe über Shakespeare's Hamlet

ISBN/EAN: 9783744690720

Hergestellt in Europa, USA, Kanada, Australien, Japan

Cover: Foto ©Andreas Hilbeck / pixelio.de

Weitere Bücher finden Sie auf **www.hansebooks.com**

Briefe

über

Shakespeare's Hamlet

von

Dr. Alois Flir.

~~~~~~~~~~~~~~~~~~~~~

Innsbruck.
Verlag der Wagner'schen Universitäts-Buchhandlung.
1865.

Vorwort.

~~~~

A. Flirs Briefe über Hamlet erschienen bereits in der belletristischen Zeitschrift „der Phönix," welche 1852 zu Innsbruck mit dem zweiten Quartale des dritten Jahrganges abschloß. Wenn wir sie hier gesammelt abdrucken und dadurch der Vergessenheit entziehend einem größern Publikum zu vermitteln streben, so brauchen wir uns deßwegen wohl nicht erst zu entschuldigen.

Durch Flirs „Briefe aus Rom" wurde die öffentliche Aufmerksamkeit in hohem Maße auf den für alles Schöne begeisterten Mann gelenkt. Es interessirte nicht blos die Wärme, sondern auch die oft scharf zutreffende Richtigkeit seiner Urtheile. Was die Briefe über Hamlet insbesondere anlangt, so verweisen wir auf eine Stelle in einem Briefe Friedrich Hebbels an Adolf Pichler. Sie lautet:

„Flirs Abhandlung über den Hamlet hat mir sehr wohl gefallen. Sie bot manchen neuen Gesichtspunkt dar, was bei einem so erschöpften Thema etwas sagen will."

Erster Brief.

~~~~

Verehrter Freund!

Sie haben also Ihren Widerwillen gegen Shakespeare
unterdrückt und auf meine Bitte wieder einmal den Hamlet
gelesen. Aber meine Zudringlichkeit hat ihren Zweck nicht
erreicht. Sie brechen von neuem den Stab über den Hamlet
und über den ganzen Shakespeare. Ihre Kritik stimmt
mit einer andern so auffallend überein, daß ich mich nicht
enthalten kann, Ihnen Ihren Doppelgänger gegenüber-
zustellen. „Hamlet wird im zweiten Akte ein Narr und
seine Geliebte im dritten eine Närrin; der Prinz tödtet
den Vater seiner Geliebten, indem er sich stellt, als tödte
er eine Ratte, und die Heldin stürzt sich ins Wasser.
Man macht ihr Grab auf dem Theater; die Todtengräber sprechen Quodlibets, die ihrer würdig sind, indem sie Todtenköpfe in der Hand halten; der Prinz
antwortet auf ihre widerwärtigen Thorheiten mit Roh-
heiten, die nicht weniger widerlich sind. Während dem
macht einer der Schauspieler die Eroberung von Polen.
Hamlet, seine Mutter, sein Stiefvater trinken zusammen
auf dem Theater: man singt bei Tisch, man zankt sich,
man schlägt sich und ermordet sich." Das Gesicht sehe

aus, „wie das Werk eines betrunkenen Wilden von großen Anlagen." — Mit welchem Wohlgefallen, mit welchem Lächeln, mit welchem Erglänzen Ihrer schwarzen Aeuglein werden Sie diese Worte lesen, sie sogleich in Ihrem Herzen adoptiren und die Hand ausstrecken, um die Ihres Geistesverwandten zu drücken! Die Hand, welche Sie ergreifen, ist die Hand — Voltaire's. Ich gratulire zu der neuen Freundschaft. — Verzeihen Sie die Bosheit meiner Rache. — Es ist auch nicht bloße Rache, daß ich Sie mit dem Ihnen wider= lichsten Manne in Berührung und Verbindung brachte; ich that es weit mehr in der schlauen Absicht, um Ihre harte Kritik über Shakespeare durch die Enthüllung dieser Verwandtschaft bei Ihnen in Mißkredit zu bringen. Doch Sie betrachteten ja ohnedieß mit Ihrem Urtheile die Sache noch nicht als abgeschlossen; Sie fordern mich mit Nachdruck auf, meine Bewunderung des Shakespeare'schen Hamlet zu rechtfertigen. Wohlan, ich will es versuchen! Zugleich überschicke ich Ihnen:

I. Shakspeare's dramatische Kunst . . . Von Dr. Hermann Ulrici. (2 Bde.)

II. Shakespeare. Von G. G. Gervinus. (3 Bände.)

So wie ich Sie kenne, werden diese Werke zwar sehr viel beitragen, um bei Ihnen eine günstigere Wür= digung Shakespeare's zu vermitteln; aber eine befriedi= gende Ueberzeugung von der bewunderungswerthen Kunst auch nur eines einzigen seiner Dramen werden Sie wohl schwerlich daraus schöpfen. Die Gelehrsamkeit dieser Männer zieht große Umrisse des Ganzen, aber sie läßt sich wenig ein ins Einzelne; sie sammelt und schichtet geistreiche Notizen auf, aber sie zeigt uns kein Produkt in seiner fein gegliederten organischen Construktion. Der „reconstruirende" R ö t s c h e r hat leider durch seine Amalgamirung des A r i s t o p h a n e s mit H e g e l sich längst bei Ihnen den Zutritt versperrt; seine Methode würde auch jetzt noch Ihrem Mißtrauen gegen das Hineinlegen der Auslegungen viel zu subjektiv erscheinen. Nur Einer wurde Ihrem Unglauben an Shakespeare's Kunst gefährlich. Beinahe hätte ich heute den unübertrefflichen Brief beigelegt, den Sie mir vor acht Jahren geschrieben — als Sie den W i l h e l m M e i s t e r lasen. Wenn ich jenen Brief mit Ihrem gestrigen vergleiche — welche Kluft, welch' ein Abstand zwischen beiden! Sie haben Göthe's Erklärungen nie widerlegt, sondern nur bei Seite geschoben; Sie haben jene Vorstellungen deßhalb aus Ihrem Innern gebannt, weil Sie dieselben mit Ihren früheren nicht vereinbaren konnten. Ich bitte Sie daher vor Allem, nehmen Sie noch einmal den W i l h e l m M e i s t e r in die Hand und betrachten Sie von neuem jene zarte, feine Analysis der wichtigsten Parthien des Hamlet, welche einst einen so tiefen Eindruck auf Sie gemacht hat. Allerdings ist diese Methode, Kunstwerke zu erklären, eine sehr mühsame und weitläufige, aber eine wonnige und die allein rechte. Es ist da keine Rede vom Herbeiziehen und Hineindeuten; sondern es gilt auch hier der Spruch:

„Wer sucht, der findet", oder, wie er bei dem
tiefsinnigen Wolfram v. Eschenbach lautet:
    „mer vindet, der wol suochen kan."
Das Suchen ist hier die sinnige Versenkung in das
Kunstwerk, das stille, treue Folgen durch alle Adern,
jeden Nerv entlang und jede Faser. Es versteht sich
von selbst, daß eine solche Methode nur bei genialen
Geistes=Produkten anwendbar ist, welche dem
Naturprodukte analog sind. Ein solches Produkt ist nun vorzugsweise Shakespeare's
Hamlet! — Es wird sich aber zeigen, daß sogar
Göthe sich noch zu wenig selbst entäußerte, daß er noch
zu wenig sorgfältig den Gegenstand vor subjektiver,
heterogener Beimischung wahrte. Es ist jedoch leichter
etwas Irriges zu bemerken, als das Rechte an dessen
Stelle zu setzen. Nur durch konsequente Assimilirung
und Selbstverläugnung läßt sich eine geistige Objektivität erringen. Ich freue mich Ihres strengen, Ihres
skeptischen Blickes, unter dem ich meinen Versuch mache.
Meine Entwicklung des Hamlet soll sich zwar durch die
ganze Tragödie erstrecken, und von Scene zu Scene,
wie von einem Knotenpunkte zum andern, fortbewegen,
und sie soll somit (zürnen Sie nicht meinem kecken
Selbstvertrauen!) Göthe's Entwicklung soweit sie richtig
scheinen, nach allen Seiten hin fortsetzen und aus-
führen: und doch — kann und will diese Exegese
nur eine Skizze sein.

Bei Ihrer empirischen Richtung werden Sie es
gern gestatten, daß ich, bevor ich das Drama selbst

enthülle, den Stoff berücksichtige, woraus es geworden. Denn so oft sich die Gelegenheit darbeut, zu beobachten, was dem Dichter gegeben war, was er beibehielt, was er ausschied, was er umgestaltete, was er ganz neu hinzufügte; können wir weit leichter und sicherer das innerliche Werden des Kunstproduktes ahnen, die Bewegungen des poetischen Wallens am warmen Busen belauschen und wonnig einblicken auf die Ideen und Bilder des begeisterten Hauptes. — Aber kennen wir denn wirklich den nächsten Stoff zu diesem Drama? — Früher schwatzten Manche einander die Meinung nach, Shakespeare habe aus „the Hystorie of Hamblett" (cf. Shakespeare's Library von Collier) das Materiale genommen. Doch die Historie of Hamblett erschien 1608, Shakespeare's Hamlet 1603; folglich fällt obige Annahme. Die Historie of Hamblett ging aus der französischen Novellensammlung des B e l l e f o r e st (1564 u. s. f. hervor. Schöpfte also Shakespeare aus dem Französischen? Leider habe ich das betreffende Buch des schreibseligen Franzosen nicht zu Handen; aber das Werk, welchem Belleforest nacherzählte, liegt vor mir: Danorum Historie libri XVI, von S a r o G r a m m a t i k u s. Basilea 1534 f. Ich vermuthe, daß Shakespeare eher den Saro benützte, als den Belleforest. Denn allen Anzeichen zufolge war unserem Dichter das L a t e i n zugänglicher als das F r a n z ö s i s c h e; zudem erwähnt Shakespeare eines Kampfes zwischen dem ältern Hamlet und einem Polaken. Hievon kömmt in der Hamlet-Sage keine Meldung vor, wohl aber in den Blättern des Saxo, welche ihr vorangehen. — Gervinus (III. B. S. 240) nennt wohl die drei erwähnten Werke, spricht sich aber nicht näher über die eigentliche Quelle aus. Ulrici (II. B. S. 450) meint, Shakespeare habe aus dem schon vor 1587 bekannten Schauspiele „Hamlet" den Stoff geschöpft. Um diese Meinung gehörig zu würdigen, muß man bedenken, daß weder Ulrici noch sonst ein Erdensohn den Inhalt jenes längst verschwundenen Schauspiels kennt.

Ich halte mich an den Saxo Grammatikus. Ulrici und Gervinus urtheilen unbillig über ihn. Saxo war Mönch auf Schonen; er starb 1204. Erasmus von Rotterdam staunte über Fülle und Glanz der Latinität dieses Normanns. Die geschichtliche Glaubwürdigkeit des dänischen Herodot in Betreff der alten Zeit verwirft Dahlmann allerdings mit gutem Rechte. Die Amlet = Sage wird im dritten und vierten Buche mit feuriger Beredsamkeit und unermüdlicher Weitläufigkeit, wie Alles, erzählt.

Unter der Oberherrschaft des dänischen Königs Rorik, welcher den Wohnsitz zu Lethra oder Leira auf Seeland hatte, war der tapfere Horvendill Jarl oder Unterkönig in Jütland. Das Glück und der Ruhm seiner kriegerischen Seefahrten erregten die Eifersucht des Norwegischen Königs Koller. Ein Zweikampf war die Folge. Der Norweger fiel. Der Sieger bestattete ihn mit königlichen Ehren. Denn dieß war des Kampfes Bedingung. — Von dem Ober=

könige Rorik erhielt der hochverdiente Horvendill
die Tochter Geruta zur Ehe. Sie gebar ihm einen
Sohn, den er Amlet nannte. — Das schöne Glück
blühte noch viele Jahre fort. Indessen kochte des Nei=
des Gift in der Brust seines Bruders Fengo. Meuch=
lings mordet dieser den Helden, rühmt sich aber offen
der That: er habe, die Pflicht übend, aus unwürdi=
ger Behandlung die Königin erlöst. Durch diese Lüge
täuschte er die Edeln; durch andere Künste gewann er
das Herz der Frau. Geruta und Jütland waren
der Preis des Brudermordes.

Der Jüngling Amlet, schnell seine Gefahr erkennend,
hüllt sich zum Schutze, wie der römische Brutus, in
künstlichen Schein des Wahnsinns. Schon
die alte Sage läßt ihn die Rolle spielen, unter der
Form des Lächerlichen und Tollen durchaus
das Wahre vorzubringen. Das Treffende seiner
Antworten macht jedoch die Begleiter nicht selten stutzen.
Alle, mit Ausnahme eines Einzigen, sind gedungene
Spione des Fengo, dessen Verdacht durch ihre Rapporte
bestärkt wird. Verschiedene Erprobungen, darunter auch
der Reiz einer bestellten Buhle, mißlangen. Endlich
machte ein Freund des Fengo den Vorschlag, zwischen
Mutter und Sohn eine vertraute Unterredung zu ver=
anstalten: sich selbst erbot er zur geheimen Belauschung.
Der Plan gefiel.

Amlet blickt im Zimmer der Mutter vor Allem
vorsichtig umher. Die Lagertapete scheint ihm bedenk=
lich erhöht. Sogleich wird er zum Hahne, kräht, wirft

die Arme wie Flügel und hüpft auf die verdächtige
Stelle. Er fühlt etwas Lebendiges unter den Füßen.
Rasch zückt er das Schwert und durchstößt die Decke.
Den Leichnam schleppt er hinweg, zerhackt ihn, siedet
die Stücke und schüttet den Brei in die Gosse. Jetzt
kehrt er zur bestürzten Mutter zurück, zieht seine Maske
ab, zeigt ihr aber auch ihre wahre Gestalt. Sie bekennt unter Thränen die Schuld. Fengo vermißt den
Freund. Nirgends findet sich seine Spur. Alt Amlet
um ihn befragt wird, gibt er zur Antwort: „Er rann
durch die Gosse in den Schweinekofen hinab: seitdem
habe ich ihn nicht mehr gesehen."

So wahnsinnig Allen die Antwort schien, Fengo
beschloß dennoch des Jünglings Untergang. Zwei seiner
Vertrauten, denen er eine verschlossene Runentafel über-
gab, sollten ihn nach England liefern. Amlet ersucht
beim Abschied die Mutter, ein großes, starkes Netz zu
flechten und um den Hof zu spannen: auch binnen
Jahr und Tag seine Leichenfeier zu halten.

Auf der See liest er in dem entwendeten Diptychon
die Forderung an den englischen König, den ankom-
menden Jüngling sofort zu tödten. Da schneidet er
neue Runen ein, des Inhalts, der König soll dem
Jünglinge seine Tochter geben, den beiden Begleitern
aber den Tod. Das Geschriebene wurde vollzogen.
Amlet wurde um so lieber als Eidam erkoren, weil er
durch Entdeckung der geheimsten Dinge, namentlich der
gemeinsten Abkunft des Königs und der Königin, eine
w u n d e r b a r e, ü b e r m e n s c h l i c h e W e i s h e i t an

den Tag legte. Nach einem glücklichen Jahre kehrt er in die Heimat zurück. Fengo und die Edeln sind eben beim Gelage der Leichenfeier versammelt. Plötzlich tritt der Todtgeglaubte in den Saal! — Sogleich nimmt Hamlet das Spiel des Wahnsinns wieder auf, gesellt sich dem Mundschenken bei und füllt unter possierlichen Scherzen so unermüdlich die Pokale, daß endlich in allen Köpfen Taumel wirbelt. Der König wird in das Schlafgemach geschleppt, die Gäste liegen besinnungs= los auf dem Boden umher. Jetzt wirft Amlet über die Schaar das ungeheure Netz und befestigt es mit längst vorbereiteten Pfählen. Dann steckt er das Ge= bäude in Brand. Während die Gefangenen unter Flammen und Trümmern kläglich sterben, weckt Amlet den Oheim, läßt ihn noch eine Waffe ergreifen und durchbohrt ihn.

Nach dieser That versammelt er die Gutgesinnten und enthüllt ihnen seine bisherige Verstellung und rechtfertigt sein ganzes Benehmen. Jubel begrüßt ihn als Herrscher. Nachdem er Alles geordnet, fährt er nach England. Der dortige König stand mit Fengo im Blutbunde, kraft dessen der Ueber= lebende den Getödteten rächen muß. Um nicht die eigenen Hände an den Eidam zu legen, schickt er ihn als seinen Brautwerber an die schottische Königin Hermutruda, welche bisher jede Freiung mit Hinrichtung des Boten beantwortet hatte. Wie sie aber an dem Ankömmlinge den berühmten Amlet entdeckt, ändert sie durch Betrug die schriftliche Werbung des

Königs in das Verlangen um, dem jungen Manne die
Hand zu geben. Amlet gehorcht dem Befehle des
Schwähers um so lieber, da ihm die erste Gattin
nicht ebenbürtig war. Da er nun mit Hermutruda
zurückkommt, überfällt ihn der Schwäher mit Waf-
fengewalt. Durch des Eldams Kriegslift besiegt, wird
er von verfolgenden Dänen erschlagen. Seine Tochter
bringt es nicht über das Herz, sich von Amlet zu
trennen; und so kehrt dieser mit zwei Gattinnen und
großen Schätzen nach Hause.

Wiglet, Rorik's Nachfolger, überzieht den zu selbst-
ständigen Unterkönig mit Krieg. Der kluge Amlet be-
rechnet die Streitkräfte und sieht des Unterliegens Nothwendigkeit vorher. Gleichwohl beschließt er den Kampf.
Nur wendet er seiner geliebten Hermutruda, zur Lin-
derung der Zukunft, einen würdigen Gatten zu. Doch
sie schwört, mit ihrem Gemahle zu sterben. Wirklich
zieht sie mit ihm in die Schlacht. Amlet fällt. Hermutruda stürzt sich — in die Arme des Siegers.
Beiläufig der sechste Nachfolger dieses Oberkönigs ist
Frotho oder Frode III., von welchem Saro im V.
Buche erzählt. Er war der Zeitgenosse des Kaisers
Augustus und beherrschte die nördliche Erdhälfte, wie
dieser die südliche. Beide bereiteten nach siegreichen
Kriegen den Weltfrieden, unter dessen Triumphbogen
der Welterlöser geboren wurde *). Der dänische Histo-

*) Vgl. Geschichte von Dänemark von J. C. Dahlmann. I. Bd.
S. 9—12; S. 19.

riker oder vielmehr Sagenschreiber, setzt also seinen Am=
let beiläufig hundert Jahre vor Christi
Geburt.

Aber in Shakspeare's Hamlet schallen Kano=
nen; in Dänemark herrscht die katholische Religion;
doch die deutsche Universität Wittenberg zieht schon
des Landes wißbegierigste Söhne an. Der Dichter, dem
man übrigens nicht zu genau nachrechnen darf, wählt
sich also ungefähr die Uebergangszeit vom
Katholicismus zum Protestantismus.
Als der Fokus dieses letztern war Wittenberg allwärts
bekannt. —

Das Verhältniß zwischen Ober = und Unterkönig
hebt der Dramatiker auf, um Zersplitterung zu ver=
meiden. Wir sehen nur ein dänisches Königshaus,
und zwar zu Helfingör, an welchem so viele eng=
lische Schiffe durch den Sund vorüberfuhren.

Die lang gedehnte Erzählung brach Shakespeare in
der Mitte ab und setzte eine neue Katastrophe. —

Verehrter Freund, bei diesem Abschlusse der Vor=
bemerkungen will ich auch Ihnen für dießmal Ruhe
gönnen. Ich sehe mit Sehnsucht Ihrer Antwort ent=
gegen, besonders auch Ihrem Urtheile über Ulrici und
Gervinus.

Zweiter Brief.

~~~~

Neugierig eröffnete ich gestern Ihr Packet. — Wie? Ulrici schon wieder zurück? — Gelesen? — Ungelesen? — In überraschender Einstimmung mit dieser Frage meines Zweifels begann Ihr Brief: „Nicht gelesen! Vgl. Gervinus S. 31: Es wird immer eine fremdartige Wirkung machen, wo an dieß frische Grün des Lebens die dürre Weide der Speculation zu nahe heranzieht." Wer sollte nicht, wie Sie, aus diesen und den vorausgehenden Worten des Gervinus die Meinung schöpfen, Ulrici spanne den Dichter Englands auf das Profrustesbett deutscher Philosophie! Die Idiosynkrasie gegen jeden noch so leisen Nachklang philosophischer Terminologie muß auch bei Gervinus denselben Grad erreicht haben, wie bei seinem Kollegen Schlosser, der bekanntlich außer Fassung kömmt, wenn er die schaudervollen Wörter „Subjektiv", „Objektiv" liest oder hört. Zu Ulrici's Ehrenrettung will ich nur erwähnen, daß sein Werk über Shakespeare dem hegelischen Aesthetiker Vischer eben als unphilosophisch erschien; ja, dieser gigantische Himmelsstürmer, der die Unsterblichkeit der Seele todt geschlagen und dem lieben Herr-Gott die Aufenthaltskarte für Würtemberg entzogen hat, wirft dem bigotten Ulrici „kindische Vorstellungen einer craß an-

thropomorphischen Ansicht" vor. Das sollte
Sie denn doch mit Ulrici versöhnen! Doch es soll da
kein Rangstreit entstehen zwischen beiden Erklärern Shake=
speare's, wie weiland im Hades zwischen Aeschylus
und Euripides. Bei Ihnen hat nun einmal Gervinus
den Thron eingenommen und sein Fußschemel ist die
Philosophie. Ich will dem großen Gelehrten seinen
Triumph nicht verkümmern, wenn es ihm nur gelingt,
Sie mit Shakespeare zu befreunden. Aber sobald Ger=
vinus von diesem spricht, fühlt Ihre ärztliche Hand
sogleich seinen Puls krankhaft beschleunigt, und Sie
bemerken Symptome des Enthusiasten=Fiebers.
Wenn dieß am grünen Holze geschieht, was wird dem
dürren widerfahren! — Doch meine — allerdings harm=
losen und unverfänglichen — Vorbemerkungen passirten
vor Ihrem kritischen Auge ohne besondern Anstand.
Nur die absichtliche Zeit= und Orts=Bestimmung, die
ich dem Dichter zuschreibe, kommt Ihnen bedenklich
vor. Sie halten jedoch die Gegengründe bis auf Wei=
teres noch an sich. Sehr willkommen war mir Ihr
Wunsch, die Briefe möglichst schnell auf einander fol=
gen zu lassen. Dazu treibt mich der innere Drang,
der ohne Pausen die Sache vollführen möchte.

So rolle denn endlich der Vorhang auf! Hamlet,
erscheine! Gestalten, Handlungen und Schicksale — tre=
tet vor und zieht vor meinem Auge vorüber! —

Weh mir! Das Enthusiasmus = Fieber hat mich
befallen! — O du, gesunder Menschenverstand, und
du, kühle Besonnenheit, paradiesisches Aelternpaar alles

Kultivirten und Vernünftigen, kehrt zurück und bleibt bei mir und leitet mich in Allem! — Nun glaube ich wirklich, den Anfang wagen zu dürfen. —

Den Anfang — er ist so einfach als nur möglich Ein Wachsoldat auf der Terrasse der königlichen Burg auf und ab spazirend und zwar noch dazu ohne Monolog. Die Handlung soll erst werden. Shakespeare's Tragödien gleichen so der Lawine, welche mit leisem Ablösen und Bröckeln beginnt, dann große Massen schiebt und endlich donnernd in den Abgrund stürzt. —

„Wer da?“ ruft seltsamer Weise ein im Dunkel Herankommender die Wache an. Wozu dieser Anruf? Bernardo will wissen, ob der Verabredung gemäß sein Freund Marcellus, der den Horatio als Begleiter angesagt, schon auf dem Posten stehe. Die Erwarteten kommen. Beide Offiziere, Bernardo und Marzellus, sahen in zwei Nächten ein Gespenst. Der Edelmann Horatio, auf der Hochschule zu Wittenberg wissentschaftlich gebildet, mißt ihrer Versicherung keinen Glauben bei. Das Gegengewicht der schlichten Erfahrung gegen die Kritik des gebildeten Verstandes ist besonnen gewählt. Zwei Zeugen, und zwar gerade von diesem Charakter, beherzte, ehrenhafte Männer, sind da nothwendig.

Der Geist erscheint, gerüstet, mit offenem Visire, die Gestalt des verstorbenen Königs Hamlet.

Marcel.: „Du bist gelehrt, Horatio; sprich mit ihm!“

Horatio, wie auch durchschauert, rafft sich zusammen und ruft wirklich:

> „Wer bist du, der der Mitternacht sich anmaßt
> Und jener majestätischen Gestalt,
> In welcher Dänemarks verstorbner König
> Weiland einherschritt?"

Hier spricht also noch der ungläubige, einen Betrug vermuthende Verstand.

Aber der Argwohn kehrt sich auf der Zunge in Anerkennung um.

> „Ich beschwöre dich
> Beim Himmel! Sprich!"

Der Geist schreitet zürnend, ohne Antwort, vorüber. Warum zürnend? Marzellus sagt es: „Er ist beleidigt." Wodurch? Eben durch Horatio's unwürdige Zumuthung.

Horatio vermag jetzt nicht mehr zu zweifeln. Weil der Geist jene Rüstung trug, in welcher Hamlet einst den König von Norwegen besiegte, und weil Fortinbras, der Sohn dieses letztern, um das durch jenen Zweikampf verlorene Land wieder zu erobern, sich eben rüstet; so vermuthet Horatio mit den Freunden, die Erscheinung bedeute diesen bevorstehenden Krieg. Bei seiner Belesenheit erzählt er in der letzigen Erregtheit noch weit schrecklichere Vorzeichen aus der alten Geschichte.

Der Geist erscheint wieder und auf die würdigere Beschwörung des Horatio öffnet er zur Ant-

2*

wort schon den Mund, als er beim Hahnenschrei auf=
schrickt und entflieht.

„Marzellus, halt es auf!

Marzel.: Soll ich nach ihm mit der Hell'barde
schlagen?

Horat.: Thu's, wenn's nicht stehen will.

Bern.: 's ist hier!

Hor.: 's ist hier! (Der Geist verschwindet.)

Marzel.: 's ist fort!"

Dieß war in Horatio das letzte Aufzucken
des Zweifels. Die Gewißheit ist nun voll=
kommen:

„Denn unverwundbar ist es, wie die Luft,
Und scheint nur unsre Streiche zu verspotten."

Die Wirklichkeit des Gespenstes ist demnach dra=
matisch hinlänglich beglaubigt: zwei muthige
Kriegsmänner und ein skeptischer Gelehr=
ter bürgen dafür. Die Gestalt des alten Häm=
let errinnert an den jungen. Horatio macht den
Vorschlag, diesem das Ereigniß zu melden ——

„Wie Lieb' uns nöthigt und der Pflicht
geziemt."

Aus diesen Worten ersehen wir schon Horatio's
Gesinnung und Verhältniß zu Hamlet.

Durch das Bisherige sind wir nun auf die Be=
deutung der Erscheinung gespannt und auf
Hamlet's Antheil an deren Ermittlung.
Aufschluß der bestehenden Verhältnisse ist
hiezu vor Allem nöthig.

Zweite Scene. Vor zwei Monden war König Hamlet am Bisse einer Otter gestorben. Sein Bruder Klaudius hat sich mit der königlichen Wittwe Gertrude vermählt und die Regierung angetreten. Die Trauungs- und Krönungs=Feierlichkeiten sind eben vorüber. Ihre Beschleunigung gegen alle Schicklichkeit mußte Bedenklichkeit erregen. Dieß fühlt Klaudius selbst und entschuldigt sich also vor den Hofherren. Aber das Bombastische, Geschraubte, Gesuchte, Unnatürliche seiner Rede bestärkt unsern Verdacht.

Es geziemt sich, daß die Herzen sich in Trauer versenken und „das ganze Reich in Eine Stirn des Grams sich falte":

gleichwohl hat er die Thronerbin „mit unterdrückter Freude", „mit Einem heitern, Einem nassen Auge", „mit Leichenjubel und mit Hochzeitsklage", „in gleichen Schalen wägend Leid und Lust" — zur Frau genommen. Warum denn?

„So weit hat Urtheil die Natur bekämpft,
Daß wir mit weisem Kummer sein (des Bruders)
gedenken,
Zugleich mit der Erinnrung an Uns
Selbst."

Die Vornehmen gaben ihre Beistimmung:
„haben auch hierin
Nicht eurer bessern Weisheit widerstrebt,
Die frei uns beigestimmt. Für Alles —
Dank!"

Sogleich beginnt er, sich als würdiger König zu be-
währen. Der junge Fortinbras in Norwegen hat
sein väterliches Erbe zurückverlangt. Klaudius sendet
nun an dessen kranken Oheim zwei Hofherren mit nach-
drücklichen Forderungen. Zugleich betreibt er die eifrigste
Gegenrüstung (wie wir in der ersten Scene hören).
In der Art und Weise, wie er dem Laertes, dem
Sohne des Oberkämmerers Polonius, zur Rück-
reise nach Frankreich die Erlaubniß ertheilt, offenbart
sich die Geschmeidigkeit und Schmeichelkunst,
womit er die Vornehmen zu kirren weiß, den Vater.
wie den Sohn, jeden nach seiner Individualität. — Nur
Etwas steht dem glücklichen Könige noch störend im Wege
— Hamlet's, des Prinzen, düsterer Gram.

Die drei kurzen, sinnigen, ironischen
Sprüche, welche, wie Blitze aus dem Gewölke, momentan aus seiner Verschlossenheit hervorzucken, charak-
terisiren sogleich den jungen Mann als einen tief füh-
lenden, geistreich denkenden.

Gereizt fährt er endlich auf und hält dem hoh-
len Scheine der Trauer des Königs und der Königin die erschütternde Wahrheit seiner na-
menlosen Trauer entgegen.

„Scheint, gnäd'ge Frau? Nein, ist: mir gilt
kein scheint.

Nicht bloß mein düst'rer Mantel, gute Mutter,
Noch die gewohnte Tracht von ernstem Schwarz,
Noch stürmisches Geseufz' beklemmten Odems,
Noch auch im Auge der ergieb'ge Strom,

Noch die gebeugte Haltung des Gesichts;
Sammt aller Sitte, Art, Gestalt des Grams —
Ist das, was wahr mich kund giebt: dieß —
                              scheint wirklich:
Es sind Gebärden, die man spielen könnte.
Was über allen Schein, trag' ich in mir:
All dieß ist nur des Kummers Kleid und Zier."

Wie kurz vorher die Königin die übermäßige Trauer
ihm auszureden versucht hatte, so erschöpft der König
in berechneter Beredsamkeit alle Gründe, bemüht sich,
ihn durch Liebe an sich zu schließen, und bringt da=
rauf, daß er von der Rückkehr zur hohen Schule
in Wittenberg abstehe. Die Königin vereint mit
dem Gemahle die Bitte; Hamlet fügt sich. Klau=
dius frohlockt und geht zum Gelage. — Hamlet ist
nun allein. Sein Innerstes eröffnet sich.

Die Vermählung der Mutter mit dem Oheime,
mit diesem garstigen nach dem herrlichsten der Männer,
die Vermählung zwei Monate nach dem Tode, fast
unmittelbar nach der Leichenfeier, dieses so schnelle,
treulose Vergessen des innigsten Bundes und unend=
lichen Glückes — zermalmt sein Herz, verfinstert seine
ganze Seele, erfüllt ihn mit Verachtung des Weibes,
der Menschen, der Welt, mit Lebensekel, mit Sehn=
sucht nach Tod und Vernichtung!

„Schwachheit, dein Nam' ist Weib!...
O schmölze doch dieß allzufeste Fleisch,
Zerging' und löst' in einem Thau sich auf!
Oder hätte nicht der Ew'ge sein Gebot

Gerichtet gegen Selbstmord! — O Gott! O Gott!
Wie ekel, schal und flach und unersprießlich
Scheint mir das ganze Treiben dieser Welt!
Pfui! Pfui darüber! 's ist ein wüster Garten,
Der auf in Samen schießt; verworfnes Unkraut
Erfüllt ihn gänzlich.
Es ist nicht gut und wird auch nimmer gut.
Doch brich mein Herz; denn Schweigen
              muß mein Mund."

Die Verhältnisse des königlichen Hauses sind nun
so weit enthüllt, als es der künstlerische Zweck erheischt.
Hamlet, mit seinem ungeheuern Weh auf sich selbst beschränkt, erscheint im Bedürfnisse eines vertrauten
Verkehrs. Zugleich scheint sein „prophetisches Gemüth" ihm Worte zuzuflüstern, die er dem eigenen
Munde noch nicht anvertraut: ihn beunruhigt, ihn quält
noch eine schreckliche Ungewißheit, worüber sein Herz
sich nach Aufschluß sehnt.

In diesem Momente nähern sich ihm Horatio,
Marzellus und Bernardo. Im Gefühle der trost-
losen Verlassenheit empfängt sie der Prinz mit Herz-
lichkeit und Liebe, besonders den Horatio, der zu Wittenberg sein Studienfreund war, und durch
seine Anwesenheit ihn freudig überrascht. Sie erzäh-
len ihm die Erscheinung. Rasch beschließt er, den Geist
zu sehen und zu sprechen.

      „Meines Vaters Geist in Waffen!
Es taugt nicht Alles; ich vermuthe was
Von argen Ränken. Wär' die Nacht erst da!

Bis dahin ruhig, Seele! Schnöde Thaten,
Birgt sie die Erd' auch, müssen sich ver=
rathen!"

Die unterdrückte Ahnung wurde jetzt zum entschie=
denen, ausgesprochenen Verdachte. —

Die Haupthandlung kann erst um Mitternacht
sich fortsetzen. Daher tritt nothwendig als dritte
Scene eine Episode ein.

Als Kontrast zum prunkenden Hofsaale, über dessen
Glanz eine drückende Schwüle lag, eröffnet sich vor
uns das Zimmer eines Privathauses, und wir lernen
eine, dem Anscheine nach, rechtschaffene, Ehre und
Zucht liebende, glückliche Familie kennen.

Laertes und Ophelia sind zärtliche Geschwister.
Sie nehmen von einander liebevollen Abschied, nicht
ohne Anflug jener neckischen Aufrichtigkeit, welche
bei Brüdern und Schwestern üblich ist. Laertes warnt
vor Hamlet's Liebesgetändel.

„Bedenk, was deine Ehre leiden kann,
Wenn du zu gläubig seinem Liede lauschest."

Polonius ertheilt dem Sohne den Segen und
begleitet diesen mit sehr nützlichen Klugheits=
regeln, welche jedoch nur von des Lebens Oberfläche
abgehoben sind.

Nach des Sohnes Abreise stellt er die Tochter zu
Rede wegen des Verhältnisses mit Hamlet. Das
Kind ist noch so unschuldig, daß es eine
arge Zweideutigkeit ausspricht, ohne sie zu
verstehen. (H. Voss giebt das Charakteristische

wieder: Ortlepp verwischt es gänzlich mit seinem unverfänglich Nichtigen: „Er hat mir seine Liebe zugeschworen In allem Anstand — ") Der gestrenge Vater verbietet jeden Verkehr mit dem Prinzen.

„Seht zu; ich sag's euch; geht nun eures Weges."
Oph.: Ich will gehorchen, Herr."

Hamlet hat die Verbindung mit Ophelia erst seit Kurzem angeknüpft. Sein fühliges Gemüth war für Zärtlichkeit empfänglich, und sein betrübtes Herz suchte den Trost in der Liebe. Opheliens englische Unschuld scheuchte den düstern Argwohn des Frauenhasses möglichst zurück. Wir können uns jetzt auch erklären, warum der Prinz auf die Rückkehr nach Wittenberg so fügsam verzichtete, wie wir anderntheils aus allen Umständen mit Grund vermuthen, daß der König ihn nur deßhalb in seiner Nähe behalten wollte, um ihn nicht aus dem Auge zu verlieren und um sich seiner, im Nothfalle, desto sicherer zu entledigen.

Indessen rückte die Zeit für den Wiedereintritt der Haupthandlung heran. Die Stunde der Mitternacht hat schon geschlagen.

Vierte Scene. Hamlet harrt mit den Freunden auf der Terrasse. Aus dem Hintergrunde schallt Trompetenstoß und Geschütz.

„Der König wacht die Nacht durch, zecht vollauf,
Hält Schmaus und taumelt den geräusch'gen Walzer,
Und wie er Züge Rheinweins niedergießt,
Verkünden schmetternd Pauken und Trompeten
Den ausgebrachten Trunk."

Während der König schwelgt, sich betäubt, trium=
phirt, setzt sich sein Schicksal in Bewegung.
— Der Geist erscheint und winkt dem Prinzen. Die=
ser reißt sich wie rasend aus den zurückhaltenden Hän=
den der Freunde los und folgt.

Fünfte Scene. Auf einer abgelegenen Seite der
Terrasse steht nun endlich der Geist und offenbart dem
Hamlet das Schaubervolle: er sei der Geist seines Va=
ters: Klaudius habe durch Schmeichelkünste und Witz=
spiele die Königin verführt, und ihm während des
Schlafes Gift in das Ohr geträufelt. So sei er ohne
Sakramente gestorben und zu einer schrecklichen Sühne
und Läuterung verurtheilt.

> „Hast du Natur in dir, so leid' es nicht;
> Laß Dän'marks königliches Bett kein Lager
> Für Blutschand' und verruchte Wollust sein.
> Doch wie du immer diese That betreib'st,
> Befleck' dein Herz nicht; dein Gemüth ersinne
> Nichts gegen deine Mutter: überlaß sie
> Dem Himmel und den Dornen, die im Busen
> Ihr stechend wohnen.“

Als der Geist die erste, noch unklare Erwähnung
von Mord machte, rief Hamlet:

> „Eil' ihn (den Mord) zu melden, daß ich auf
>   Schwingen rasch,
> Wie Andacht und des Liebenden Gedanken
> Zur Rache stürmen mag.

Geist: Du scheinst mir willig;
> Auch wär'st Du träger als das feiste Kraut,

Das ruhig Wurzel treibt an Lethes Bord,
  Erwachtest Du nicht hier!"

Wie charakteristisch im Munde des Bewohners der Unterwelt! Auch für Hamlet fein bezeichnend, wie wir noch sehen werden.

Nachdem aber die Erscheinung verschwunden ist, fleugt Hamlet nicht auf Schwingen rasch, wie Andacht und des Liebenden Gedanken, zur Rache: sondern in verworrener Hastigkeit reißt er sein Portefeuille heraus und kritzt das Wort „Oheim" ein. Wozu? Warum? Zunächst ist es der mimische Ausdruck der Heftigkeit, womit er diesen Namen seiner Seele nun einpreßt. Aber gerade während er die ganze Kraft seiner Rachsucht bethätigen will, spielt ihm seine Natur die Ironie, daß er in der Betäubung Etwas thut, wodurch der Aufschub, die Unthätigkeit, die Gefahr des Vergessens verrathen wird. Statt des Schwertes nimmt er den Griffel in die Hand; statt sogleich zu handeln, schreibt er das zu Vollbringende auf. —

Als die drei Freunde, welche im Dunkel auf der weiten Terrasse umher ihn vergeblich gesucht hatten, endlich ihn finden, ist er bei aller Aufregung schon so bedächtig, die Unterredung mit dem Geiste ihnen zu verheimlichen, und sogar für die Verschweigung des Gesehenen nicht bloß das Ehrenwort, sondern den Schwur auf das Schwert abzufordern; und da der Geist selbst unterirdisch zum Schwure mahnt, spricht er von diesem so seltsam, daß er von seinem Va-

ter die Gedanken ablenkt: er nennt ihn Bursch,
Grundehrlich, Maulwurf. Ja, er beschließt sogar jetzt
schon die Verheimlichung und Täuschung im
Großen — den verstellten Wahnsinn.

> „Hier wie vorhin schwört mir, so Gott euch helfe,
> Wie fremd und seltsam ich mich nehmen mag,
> Da mir's vielleicht in Zukunft dienlich
> scheint,
> Ein wunderliches Wesen anzulegen" u. s. w.

Hamlet fühlt den Beruf zur Rache und den Trieb
dazu; aber er fühlt auch Etwas, das ihn von der
That zurückhält und hemmt.

> „Ihr thut, was Euch Beruf und Neigung heißt — —
> Denn jeder Mensch hat Neigung und Beruf,
> Wie sie denn sind: — ich, für mein armes
> Theil,
> Seht ihr, will beten gehn."

Dieser Widerstreit in seinem Innern treibt ihn zur
Aeußerung:

> „Die Zeit ist aus den Fugen. Schmach
> und Gram,
> Daß ich zur Welt, sie einzurichten, kam!"

Diese Worte sind der Schluß, und die äußerste
Spitze des ersten Aktes, und zugleich die Idee
des Ganzen, jedoch nur im Allgemeinen, obgleich
auch das Besondere schon deutlich sich herauskehrte.
Hamlet's Aufgabe ist klar: die Schwierigkeiten, die
Hindernisse liegen nicht bloß außerhalb, sondern noch
mehr innerhalb, in der Individualität des

Helden selbst. Dieser ist sich einer gewissen Untauglichkeit sogar selbst bewußt, und jeder Aufmerksame kann sie vermuthen. Wie die Façade eines Kunstbaues dessen Idee und Gliederung offenbart, so sehen wir auch hier im Anfange schon den diese Tragödie durchbringenden Grundgedanken; die Andeutung der zu erwartenden Handlung und Lösung; die drei Personengruppen, von denen wieder jede dreitheilig ist: nämlich die drei Personen der Haupthandlung, Hamlet, der König und die Königin: drei Nebenpersonen auf der einen Seite: Polonius, Laertes, Ophelia: eben so viele auf der andern Seite: Horatio, Marzellus, Bernardo, welche letzteren beide in der Folge durch Rosenkranz und Güldenstern ersetzt werden. Aus der Vergangenheit taucht der Geist empor; aus der Zukunft schreitet uns der junge Fortinbras entgegen. Die Charaktere, welche bei der Haupthandlung sich bethätigten, stehen schon in markirten Umrissen vor uns; die übrigen durften bloß in leisern, ersten Linien, ihre Gestaltung beginnen.

In der Folge wird es einleuchten, daß nicht einmal die Uebereinstimmung der fünf Scenen des ersten Aktes mit den fünf Akten der Tragödie ein blinder Zufall ist. Ueberhaupt muß die Beleuchtung mancher Einzelnheiten bis zu jenem Standpunkte vorbehalten bleiben, der alles Einzelne überragt; und dieser Standpunkt ist im Kleinen, wie im Großen — das Ende.

Dritter Brief.

Die Schlußbemerkung meines letzten Briefes hatte für mich eine nicht geahnte, noch weniger — gewünschte Folge. Ich — verschiebe, durch die Nothwendigkeit der Sache gezwungen, nur Einiges bis auf den Standpunkt der allgemeinen Uebersicht; Sie — wollen bis dort mir Alles vorenthalten, jeden Widerspruch, jede Beistimmung; nicht einmal Blick und Miene, wie der Redner an dem schweigenden Zuhörer, kann ich an Ihnen beobachten, und so bin ich bei meiner Entwicke= lung dieser Tragödie so ganz auf mich selbst beschränkt, und soll Ihre Kritik erst dann vernehmen, wenn ich sie für den gegenwärtigen Versuch kaum mehr benützen kann. Aendern Sie doch Ihren Entschluß und lassen Sie uns in freundlichem Zwiegespräch das entzückende Kunstwerk betrachten!

In dieser Hoffnung wende ich mich nun wieder zum Gedichte, das heute den zweiten Akt mir aufrollt.

Die erste Scene des ersten Aktes bewegt sich von Mitternacht bis zum Tagesdämmer; die zweite Scene in dem königlichen Schlosse nimmt den Tag ein; Hamlet wünscht dem Marzellus schon guten Abend; die dritte Scene im Hause des Polonius fällt also in die erste Hälfte der Nacht; aber der Dichter nimmt darauf keine Rücksicht, indem keine Spur der nächtlichen Zeit erscheint, vielmehr Laertes abreist. Die letzten zwei Scenen reichen wieder von Mitternacht bis zum Morgengrauen. — Zwischen dem ersten und zweiten Akte verfließt eine geraume Zeit. Denn in der ersten Scene schickt Polonius den Diener Reinhold mit Geld und Briefen nach Frankreich zu Laertes. Aus einer Stelle des dritten Aktes, dessen Zeit nur Einen Tag nach dem zweiten folgt, ersehen wir, daß zwischen dem ersten und zweiten Akte zwei Monate verfließen. Denn Ophelia bestimmt dort die Dauer seit dem Tode des Königs Hamlet auf Monate und im ersten Akte ist von Hamlet jene Zeit auf 2 Monate angegeben worden. Doch wenden wir uns zur Handlung.

Die Unterredung des Polonius mit Reinhold hat einen doppelten Zweck: denn erstlich bewirkt sie, daß wir den Laertes nicht aus dem Auge verlieren; dann läßt sie uns auch hellere Blicke in das Innere des Polonius werfen, gerade zu einer Zeit, wo uns die genauere Kenntniß dieses Mannes nothwendig wird.

„Ihr werdet mächtig klug thun, guter Reinhold,
Euch zu erkundigen ꝛc."

Im Gefühle dieser mächtigen Klugheit unterbricht er die Rede mit den Fragen:

„Versteht Ihr, Reinhold? —
Ihr habt's gefaßt, nicht wahr?"

Zur Ausspionirung des Lebenswandels, welchen der Sohn führt, empfiehlt Polonius den Kunstgriff, durch Andichtung verschiedener Fehler die Leute auszuholen.

„Eu'r Lügenköder fängt den Wahrheitskarpfen;
So wissen wir gewitzigt, helles Volk
Mit Krümmungen und mit verstecktem Angriff
Durch einen Umweg auf den Weg zu kommen."

So charakterisirt er selbst die Art seiner Klugheit — Reinhold soll jedoch nur solche Fehler aufdichten, welche keine Schande bringen, und als solche nennt Polonius außer dem Spielen und Trinken, Raufen, Fluchen, Zanken, und sogar die Unzucht.

Reinh.: „Das würd' ihm Schande bringen, gnäd'ger Herr."

Polon.: Mein Treu nicht, wenn Ihr's nur zu wenden wißt — Als Ausbruch eines feurigen Gemüthes, als eine Wildheit ungezähmten Blutes."

Der sich so klug dünkende Polonius ist ein so blöder Kopf, daß er nur kümmerlich den Zusammenhang der Gedanken festzuhalten vermag und endlich den Faden wirklich verliert.

„Und hierauf thut er dieß … Er thut — ja — was wollte ich sagen? Sapperment, ich habe was sagen wollen. Wo brach ich ab?"

Reinh.: „Bei folgender Gestalt Euch beitritt."

Dieses Stück nimmt Polonius nun wieder auf und spinnt die Rede fort wie ein Schulpensum. Der schlichte, rechtschaffene Diener, der wenigstens im Deutschen nicht umsonst Reinhold (Reynaldo, italienisirt aus Reynold) heißt, beschämt also die Moral und Geisteskraft seines Gebieters.

Dieser in seinen Augen überaus reiche und ehrenhafte, in Wahrheit aber schwachköpfige, schleichende, mit einer rohen Moral ausgestattete Polonius, dieser dünkelhafte, hohle Scheinmensch — wendet sich jetzt seiner Tochter Ophelia zu.

Sie erzählt ihm, wie Hamlet zu ihr gekommen mit
aufgeriss'nem Wams.

„Kein Hut auf seinem Kopfe, die Strümpfe schmutzig
Und losgebunden auf den Knöcheln hängend;
Bleich wie sein Hemde, schlotternd mit den Knien;
Mit einem Blick, von Jammer so erfüllt,
Als wär' er aus der Hölle losgelassen,
Um Gräuel kund zu thun."

Dieser Zug im Bilde ist besonders bedeutsam. Der
aus dem Qualenorte zum nächtlichen Umwandeln ent=
lassene Vater hat sich dem ganzen Wesen des Sohnes
so tief eingedrückt, daß dieser von dem Unglückseligen
das lebendige Gepräge wurde. Hier sehen wir
überhaupt nicht bloße Zeichen verstellten Wahnsinnes; —
das todtenbleiche Gesicht ist keine Verstellung.

„Er griff mich bei der Hand und hielt mich fest;
Dann lehnt' er sich zurück, so lang sein Arm;
Und mit der andern Hand so über'm Auge,
Betrachtet er so prüfend mein Gesicht,
Als wollt' er's zeichnen. Lange stand er so:
Zuletzt ein wenig schüttelnd meine Hand,
Und dreimal hin und her den Kopf so wägend,
Holt' er solch' einen bangen, tiefen Seufzer,
Als sollt' er seinen ganzen Bau zertrümmern
Und endigen sein Dasein. Dieß gethan,
Läßt er mich geh'n: und über seine Schultern
Den Kopf zurückgedreht, schien er den Weg
Zu finden ohne seine Augen; denn

Er ging zur Thür hinaus ohn' ihre Hilfe,
Und wandte bis zuletzt ihr Licht auf mich."

Wie erklärt sich nun diese fürchterliche Mimik des unglücklichen Hamlet?

Während er Ophelia liebte, rief er doch aus: „Schwachheit, dein Nam' ist Weib!" Sein verdüstertes Gemüth wurde selbst gegen die Geliebte von Zweifeln beschlichen; ein Ausklang seines eigenen zwiespaltigen Innern waren die Verse:

„Zweifle an der Sonne Klarheit,
Zweifle an der Sterne Licht:
Zweifl', ob lügen kann die Wahrheit;
Nur an meiner Liebe nicht."

Seine eigene Skepsis übertrug er auf Ophelia und die Bemühung, sie von jedem Zweifel zu heilen, war zugleich die Bekämpfung der eigenen Unruhe. Als eine Ausnahme vom weiblichen Geschlechte wollte er Ophelia umklammern, und an der Unerschütterlichkeit seiner Liebe auf ewig befestigen. —

In diesem Gemüthszustande hört er vom Geiste, daß seine Mutter, die ihren Gemahl scheinbar vergötterte und von ihm unendlich geliebt war, daß diese Mutter schon bei des Vaters Lebzeiten die Treue gebrochen. Sein Mißtrauen gegen das weibliche Geschlecht mußte durch diese neue Erfahrung in das Ungeheure steigen, und die Liebe zu der Einzigen wurde nothwendig von heftigern Stürmen umtost. Gleichwohl hielt sie sich fest. Er schrieb an Ophelia. Sie lehnte

3 *

den Brief ab. Er besucht sie, und — wird zurück-
gewiesen. Er schreibt wieder; umsonst: er geht zu ihr:
sie verweigert ihm den Zutritt.

Polon.: „Sagt, gabt Ihr ihm seit kurzem harte Worte?"

Oph.: „Nein, bester Herr, nur wie Ihr mir be-
fahlt wies ich die Briefe ab und weigert'
ihm den Zutritt."

Hamlet dachte nun, der Wahnsinn, dessen Schein
er angenommen, habe Ophelia von ihm abwendig gemacht: das Spiel einer Krankheit habe ihre Liebe ver-
scheucht: unter dem leisen Drucke der ersten Probe sei
ihre Treue zusammengesunken. Auch gegen Ophelia
schleudert jetzt der Argwohn die trüben Wogen: Verzweiflung stürmt in Hamlets Seele. Aber auch jetzt
noch wirkt die Liebe: sie — treibt ihn zu Ophelia un-
aufhaltsam. Aber nun bemächtigt sich seiner die andere
finstere Kraft und lehnt ihn zurück in Armes Länge
und aus den weit aufgerissenen Augen starrt der ver-
zweiflungsvolle Unglaube an Weibestreue, wie ein grim-
mer Dämon mit durchbohrendem Blicke — prüfend und
richtend — sie an. Und was geschieht? Was siegt?
Die Liebe oder die Verzweiflung? Der fürchterliche Seufzer, der das Leben Hamlets zu enden scheint,
ist die Antwort. Sein Bund mit Ophelia ist zer-
rissen: es war ein Riß wie der des Todes. Das
vorausgehende Schütteln der Hand war der Abschied,
war das Lebewohl! — Und jetzt zieht und führt ihn
die obsiegende, finstere Macht hinweg: doch Opheliens
Holdseligkeit zwingt noch, wie die Sonne die Sonnen-

blume, das Haupt des Weggehenden, ihr sich zuzu-
kehren: das lichte Auge wendet und sehnt sich zurück:
der Orkan der Brust stößt und reißt ihn mit sich fort.

Und diese ganze, ungeheure Handlung ohne Rede,
ohne Wort, ohne andern Laut als das Aechzen des
zusammenbrechenden Herzens. Denn was Hamlet fühlt,
ist unaussprechbar. Sowohl Ophelia als Polonius
halten diesen Auftritt für ein Phänomen des Wahnsinnes, der den Prinzen befallen. Der kluge Polonius
erblickt als die Ursache des Unglücks sein
Verbot des zärtlichen Verkehrs und eilt
freudig mit der Entdeckung zum Könige. —

So bildet das Ende der 1. Scene den Uebergang
zur zweiten.

Um den Grund von Hamlets Wahnsinn zu erforschen, hat der König dessen Jugendfreunde Rosenkranz und Güldenstern an den Hof berufen. Sie
sollen den Prinzen zu Lustbarkeiten locken und
mit spähenden Blicken beobachten. Beide stellen sich
unter dem Titel der Pflicht — unbedingt zu Diensten. Sogar die Religion muß den geheimen Pakt mit
ihrem Nimbus verklären. Güldenstern wünscht vom
Himmel das Gelingen und die Königin spricht ihr
Amen zum Gebete.

Die von Norwegen zurückkehrenden Gesandten
harren des Eintrittes: aber Polonius, aus eitler Un-
geduld und aus Sucht nach jedem Preise der königlichen Gunst, eilt ihnen voran, nimmt ihnen die
Freude der ersten Glücksbotschaft vorweg und ver-

kündigt zugleich im Allgemeinen seine unendlich
wichtige Entdeckung. Im Uebermuthe des Selbst-
gefühles meistert er sogar den König, und
zwingt ihn wider seinen Willen, zuerst die Gesandten
anzuhören, und dann erst das Erfreulichere zu vernehmen.

Der junge Fortinbras wurde vom Oheime zu-
rechtgewiesen, erhielt jedoch die Erlaubniß, das ange-
worbene Heer gegen Polen zu führen. Der dänische König wird um die Bewilligung des Durchzugs
angegangen.

Endlich enthüllt Polonius das Geheimniß und legt
zum Beweise den poetischen Liebesbrief vor, dessen Inhalt wir schon kennen. Im Triumphe seines Verdienstes
führt er eine aufgeregtere, gesuchte Sprache,
welche von Hamlet in der Folge trefflich als „ein über-
flüssiger Mangel an Witz" bezeichnet wird. Die Königin hält die Richtigkeit seiner Vermuthung für möglich.

„Habt Ihr's je erlebt, das möcht' ich wissen,
    Daß ich mit Zuversicht gesagt: So ist's,
    Wenn es sich anders fand?
Er bietet sogar seinen Kopf zum Pfande."

Der behutsamere König wünscht eine nähere Prüfung. Er nimmt den Vorschlag des Polonius an,
Hamlet und Ophelia in der Gallerie zusammenkommen
zu lassen und hinter den Tapeten sie zu belauschen.

Hamlet wandelt lesend heran.

Der eitle Polonius bittet das königliche Paar sich
zurückzuziehen.

„Ich mache mich gleich an ihn!"

Des Dichters Humor stellt uns jetzt einen Klugen, welcher ein Narr zu sein scheint, und einen Narren, welcher sich klug dünkt, zu einem ergötzlichen Diskurse zusammen.

Polon.: „Kennt Ihr mich, gnädiger Herr?"

Haml.: „Vollkommen. Ihr seid ein Fischhändler."

Polonius hatte unmittelbar vorher zum Könige gesagt, wenn ich nicht das Wahre gefunden — so laßt mich nicht mehr Staatsbeamter sein, laßt mich den Acker bauen und Pferde halten. Und jetzt — nennt ihn Hamlet einen Fischhändler — weil sein Thun und Treiben eben so schlüpfrig und schmutzig ist, und zwar nicht physisch, sondern moralisch, weßhalb er ihm die Ehrlichkeit des wirklichen Fischhändlers wünscht. So also hat Polonius sein Theil bekommen.

Nun bezieht sich das Gespräch auf Ophelia.

„Ehrlich sein heißt, wie es in dieser Welt hergeht, ein Auserwählter unter Zehntausenden sein ... Denn wenn die Sonne in einem todten Hunde Maden ausbrütet, sie, die eine Gottheit ist, ein Aas küßt — — Habt Ihr eine Tochter? ... Laßt sie nicht in der Sonne gehn. Gaben sind ein Segen: aber ꝛc."

Endlich wendet sich die Rede auf Hamlet selbst.

Polon.: „Was lies't Ihr, mein Prinz?"

Haml.: „Worte, Worte, Worte."

Polon.: „Aber wovon handelt es?"

Da zuckt Hamlet heftig auf und ruft: „Wer handelt?" Denn das Gefühl seines Nichthandelns,

das schon zwei Monate lang dauerte, war von diesem
Worte schmerzlich berührt.

Wir sehen also: „Ist dieß schon Thorheit, hat es
doch Methode." Polonius spricht unbewußt über sich
und Hamlet das wahre Urtheil: „Dieß ist ein Glück,
daß die Tollheit oft hat, womit es der Vernunft und
dem gesunden Sinne nicht so gut gelingen könnte":
d. h. es ist für uns ein Glück, daß die tolle Rede
Hamlets vernünftiger ist als die verständige des
Polonius.

Nachdem nun der erste Versucher nach Verdienst
abgefertigt worden, nähern sich zwei Andere, Gülden=
stern und Rosenkranz. Hamlet nimmt sie liebevoll
auf. In seinem Eckel vor dem weiblichen Geschlechte
nennt er Fortuna eine Metze, und im Lebensüberdrusse
die Welt ein Gefängniß, und den Menschen, das
herrlichste der Geschöpfe, eine Quintessenz vom
Staube. Auch die psychologische Erklärung ei=
ner solchen Lebensanschauung wird ausgesprochen: „An
sich ist Nichts weder gut noch böse: das Den=
ken macht es dazu." So übermächtig wurde also
der subjektive Zustand Hamlets, daß er für das Ob=
jektive den gesunden Sinn verlor und alle Dinge nur
in der Schwärze der eigenen Melancholie erblickt. Aber
für sein Unglück hat er ein scharfes Auge. Er durch=
schaut sogleich den Zweck des Rosenkranz und Gülden=
stern. Seine einnehmende Gemüthlichkeit macht ihnen
im ersten Momente die Verstellung unmöglich. Ein
Rest des Guten und der Jugendfreundschaft wird hier

noch sichtbar; doch nicht, um beide Männer zu adeln, sondern nur um als Folie ihrer Entartung zu dienen.

Dem Auftrage des Königs Klaudius gemäß haben sie schon um Zerstreuungen sich umgesehen. Da ihnen Hamlets Neigung für das Theater bekannt war, so beriefen sie Schauspieler und melden dem Prinzen deren Ankunft. Auch der geschäftige, überall gegenwärtige Polonius stellt sich schon wieder mit derselben Botschaft ein. Sofort erscheinen die Schauspieler. Wie vertraut Hamlet mit ihnen geworden, beweist die freundliche Begrüßung. Er hat sie einige Jahre nicht mehr gesehen — wegen des Aufenthalts zu Wittenberg. Charakteristisch für seinen Haß gegen das weibliche Geschlecht sind seine Worte an eine Schauspielerin, welche inzwischen herangereift war:

„Gott gebe, daß eure Stimme nicht wie ein abgenütztes Goldstück den hellen Klang verloren haben mag."

Er verlangt eine Deklamation aus der Erzählung des Aeneas vor Dido; er rezitirt selbst die ersten 12 Verse aus dem Gedächtnisse, — nämlich die Parthie vom rauhen Pyrrhus, wie er auf Priamus loseilt.

Der Schauspieler nimmt die Deklamation auf und führt sie fort. Das Krachen Ilions macht den jungen Helden, der schon das Schwert über Priamus schwang, plötzlich erstarren.

„Seht, sein Schwert,
Das schon sich senkt auf des ehrwürd'gen Priam
Milchweißes Haupt, schien in der Luft gehemmt.
So stand er, ein gemalter Wütkrich, da,

Und, wie partheilos zwischen Kraft und
                              Willen,
   That nichts."
   Mit welchem Herzpochen sieht Hamlet hier sein Bild!
— Aber das Erstarren des Pyrrhus dauert nur einen
Augenblick: um so gewaltiger rafft er sich auf
und vollbringt die That.
   Hamlet hatte diesen Stachel, der ihn aufregen sollte,
absichtlich begehrt. Jetzt verlangt er noch die Stelle von
Hekuba zu hören. Der Schauspieler wird im Vortrage
gerührt, verändert die Farbe und vergießt Thränen.
   Hamlet fordert auf den Abend des nächsten Tages
die Aufführung der Ermordung des Gonzago: nur
seien ein Dutzend Verse einzurücken, die er —
verfassen werde. Polonius wird mit dem Auf-
trage beglückt, für die Pflege der Gesellschaft zu sorgen.
                              „Jetzt bin ich allein.
O welch' ein Schurk' und nied'rer Sklave bin ich!
Ist's nicht erstaunlich, daß der Spieler hier
Bei einer bloßen Dichtung, einem Traum
Der Leidenschaft, vermochte seine Seele
Nach eig'nen Vorstellungen so zu zwingen,
Daß sein Gesicht von ihrer Regung blaßte,
Sein Auge naß, Bestürzung in den Mienen
Gebroch'ne Stimm' und seine ganze Haltung
Gefügt nach seinem Sinn. Und alles das um Nichts!
Um Hekuba!
Was ist ihm Hekuba! was ist er ihr,
Daß er um sie soll weinen? Hätte er

Das Merkwort und den Ruf zur Leidenschaft,
Wie ich: was würd' er thun? Die Bühn' in Thränen
Ertränken und das allgemeine Ohr
Mit grauser Red' erschüttern; bis zum Wahnwitz
Die Schuld'gen treiben und den Freien schrecken ꝛc.
                        Und ich —
Ein blöder, schwachgemüther Schurke, schleiche
Wie Hans der Träumer, meiner Sache fremd,
Und kann nichts sagen, nichts für einen König,
An dessen Eigenthum und theurem Leben
Verdammter Raub geschah. Bin ich 'ne Memme?
Wer nennt mich Schelm? Bricht mir den Kopf entzwei?"
    Er rüttelt durch vorgestellte Verunglimpfungen
und Angriffe die Galle auf und bricht endlich über
den Oheim los:
        „Blut'ger kupplerischer Bube!
Fühlloser, falscher, geiler, schnöder Bube! —
    Er besinnt sich, daß dieß nur eine unthätige, ohn=
mächtige Rache in Worten ist.
    „Ha, welch ein Esel bin ich! Trefflich brav,
Daß ich, der Sohn von einem theuren Vater,
Der mir ermordet ward, von Höll' und Himmel
Zur Rache angespornt, mit Worten nur,
Wie eine Hure, muß mein Herz entladen,
Und mich auf's Fluchen legen wie ein Weibsbild,
Wie eine Küchenmagd!
Pfui d'rüber! Frisch an's Werk, mein Kopf!"
    Schon wieder spielt ihm seine Individualität eine
arge Ironie. Nicht die Hand ruft er zum Werke,

sondern den Kopf. Und was folgt nun? Ein muckiges Brüten: „Hum! Hum!" Statt der rüstigen That geht ein langsamer Plan hervor.

„Ich hab' gehört, daß schuldige Geschöpfe
Bei einem Schauspiel sitzend, durch die Kunst
Der Bühne so getroffen worden sind
Im innersten Gemüth, daß sie sogleich
Zu ihren Missethaten sich bekannt:
Denn Mord, hat er schon keine Zunge, spricht
Mit wundervollen Stimmen. Sie sollen was
Wie die Ermordung meines Vaters spielen
Vor meinem Oheim: ich will seine Blicke
Beachten, will ihn bis ins Leben prüfen:
Stutzt er, so weiß ich meinen Weg. Der Geist,
Den ich gesehen, kann ein Teufel sein:
Der Teufel hat Gewalt, sich zu verkleiden
In lockende Gestalt; ja und vielleicht,
Bei meiner Schwachheit und Melancholie,
(Da er sehr mächtig ist bei solchen Geistern)
Täuscht er mich zum Verderben: ich will
                              Grund,
Der sich'rer ist. Das Schauspiel sei die
                              Schlinge,
In die den König sein Gewissen bringe."

Jenes seltsame Betragen, welches Hamlet nach des Geistes Erscheinung den Freunden angekündigt hatte, ist eingetreten, nämlich der verstellte Wahnsinn. Seine höhere Bedeutung können wir erst am Ende betrachten; vor der Hand berücksichtigen wir bloß seine

nächste dramatische Motivirung. Hamlet, vermöge seines
eigenthümlichen Charakters, flog nicht augenblicklich zur
That, sondern er dachte sogleich, ein solches Werk
erheische Vorsicht: der günstige Zeitpunkt, die geeig=
neten Umstände seien abzuwarten: jeder Argwohn des
Usurpators müsse abgelenkt werden. Für diese Mas=
kirung des Vorhabens schien ihm der verstellte Wahn=
sinn das beste Mittel. Doch Hamlets klügelnder Verstand
täuschte sich. Denn gerade die plötzliche Umänderung des
Benehmens erweckte den Verdacht des innerlich unsichern
Königs. Er bemüht sich des Wahnsinns Ursache zu
ergründen. Der kurzsichtige Polonius tappte auf einen
Scheingrund. Rosenkranz und Güldenstern erhielten den
Auftrag, den Prinzen zu zerstreuen und auszuspähen.

Dieser Plan schlug in das Gegentheil um.
Denn die erste herbeigezogene Zerstreuung wurde dem
Hamlet durch die Deklamation eine gewaltige Stache=
lung zu seinem Unternehmen und das Schauspiel
wird zur Schlinge gegen den König.

Der Versuch des Königs, den Hamlet zu er=
forschen, verursacht also den Versuch des Prinzen
zur Erforschung des Königs.

In dieser Richtung und Wendung bewegt sich die
Haupthandlung in einer einzigen Scene, nämlich
in der zweiten. Die erste war der Nebenhandlung
gewidmet, als vorbereitend, und eben dort, in Ophe=
liens Erzählung, erschien auch Hamlets Melancholie
in der schaurigsten Gestalt. Diese zehrende lähmende
Melancholie geht als Nebenmotiv dem

Hauptmotiv, der Rache, zur Seite, und am Schluſſe, wie wir ſahen, vereinen ſich beide zum neuen Projekte, welches ſomit das Reſultat des zweiten Aktes iſt und die Aufgabe des dritten.

Der zweite Akt iſt der einfachſte von allen: er zeigt nur den Beginn des gegenſeitigen Kampfes, nur die Pläne und Verſuche des Erforſchers, noch ohne Erfolg und Entſcheidung. Bei dieſer Einfach=heit des Inhaltes und bei dem zwiefachen Motive hat der Akt nur zwei Scenen. Wenn eine ſolche Rückſicht auf die Eintheilung der Scenen geſucht und am we=nigſten bei Shakeſpeare's ungeſchultem Genie am Platze zu ſein ſcheint, ſo kann kurz erwiedert werden, daß Shakeſpeare ſelbſt über die Scenen = Anordnung dieſer Tragödie ſich rühmt, indem er durch Hamlet ſcheinbar von einem andern Drama, aber beim Lichte beſehen von ſeinem eigenen, gegenwärtigen ausſpricht, es ſei „ein vortreffliches Stück: in ſeinen Scenen ſchön geordnet!" Und wenn auch die ſchöne An=ordnung der Scenen nicht durch die Zahl entſchieden wird, ſo iſt dieſe für jene doch keineswegs ganz gleich=gültig. Bevor wir nun aber uns zum dritten Akte wenden, wird es nicht überflüſſig ſein, noch eine Bedenk=lichkeit zu beantworten. Iſt der Polonius des 1. Aktes mit dem des 2. identiſch? Treten nicht zwei völlig he=terogene Individuen unter Einem Namen auf? — Shakeſpeare kennt die menſchliche Natur: er hat auch hier das Wahrſte getroffen. Nicht nur mittelmäßige, ſogar unmoraliſche und irreligiöſe Menſchen ſind als

Aeltern ihren Kindern gegenüber — wenigstens in
Worten — nach Thunlichkeit moralisch und religiös.
Ihre Leidenschaften bergen sich, ihre Thorheiten ver-
stummen, und die älterliche Liebe, als Organ des Göttlichen, verkündigt mit reiner Gesinnung das Wahre,
das Gute, das Heilsame: eine höhere Weihe umweht
besonders in wichtigen Momenten den Vater, die Mutter
vor den Augen der Kinder. — Das ist eine himmlische Anordnung im irdischen Leben. — In dieser heiligen Funktion sahen wir den Polonius im ersten Akte.
Sein aufrichtiger Wille für die Wohlfahrt seiner Kinder
legte ihm jedes Wort auf die Zunge. Kein anderes
Motiv regte sich: höchstens machte sich ein etwas starkes
Selbstgefühl der väterlichen Würde, Obmacht und Weisheit bemerkbar. Aber auch in diesem idealen Verhältnisse erschwang sich Polonius nur in die noch der Erd-
nähe angehörige Region der praktischen Klugheit. —
Wie ganz anders erscheint er nun aber im zweiten Akte
vor dem Bedienten! Diesem gegenüber bindet ihn keine
Rücksicht; hier zeigt er sich ungenirt, wie er denkt, was
er ist. Sogar als Vater benimmt er sich hier unedel,
da die unmittelbare Gegenwart des Sohnes ihn nicht
mehr wohlthätig influenzirt. Oder könnte er vor Laertes
von gewissen Fehlern und Lastern eben so sprechen, wie
er von denselben vor Reinhold spricht? Unmöglich! —
Nachdem wir nun aber den Polonius in dem Haus-
Negligé kennen gelernt, wundern wir uns nicht mehr
über seine Lakaiendienste und Burzelbäume bei Hof.

Vierter Brief.

An einem schönen Sommertage — laut meines Notizen-Büchleins war es der 15. Juli 1846 — machten Sch.., S... und ich mit dem berühmten Schauspieler N.. einen Ausflug zum romantischen Schlosse Ambras, welches leider unter der Herrschaft der Prosa nichts beibehielt, außer was es nicht verlieren konnte. Doch keine trübe Episode! — Wir lauschten mit Wonne den interessanten Erzählungen des verehrten Gastes — über seine vielgestaltigen Lebensschicksale, über Drang und Trieb, Versuch und Uebung, Bildung und Vollendung seiner Kunst. Das Gespräch spannte sofort den Horizont weit aus über das Gebiet der dramatischen Poesie und zog sich wieder zusammen zum Einzelnen, aus dem das Ganze sich reflektirt, zu Shakespeare. Unsere Gedanken flatterten, wie Schmetterlinge, umher von einem Drama zum andern, aber auf der düstern Mohnblume Hamlet weilten sie endlich. Wie konnte da der berühmte Monolog „Sein oder Nichtsein" — unerwähnt bleiben? — „Ein unvergleichlicher, ein wunderschöner, ein entzückender Monolog! sprach Herr N..: „aber„ — aber —". Elektrisch getroffen zuckten wir auf: — „Nun — Ihr „aber"? — „Der berühmte, allbewunderte Monolog gehört eben so wenig in diese Tragödie, als ein Ungläubiger unter die Heiligen." — „Nicht möglich! Nicht möglich! — Herr N. fuhr unbeirrt fort: „Dieser

Monolog wurde vermuthlich aus Shakespeare's Schatz-
kammer später erst hervorgezogen und mit der liebenswürdigen Tragödie in Verbindung gebracht. Er gehört
so wenig zu ihrer Natur, als der Demant zum Fleische
des Fingers. Ja, der kostbare Ring paßt gar nicht
für diese Hand; er nahm sein Maß anderswo, wenn
er nicht gar, wie so manche schöne Waare, die nähere
Bestimmung erst erwartete. Dieser Monolog ist nichts
als ein Talisman, dem Schauspieler sein Glück zu
sichern. O zauberkräftiger Talisman, wie viele Triumphe
verdanke ich dir!" — „Um des Himmels Willen —
wie rechtfertigen Sie Ihre anbetenden Blasphemien?"—
„Ganz einfach, meine Herren, ganz einfach." — Nun
änderte sich plötzlich des Mimen Angesicht: in Melancholie sind Haltung und Züge umgewandelt: das Auge
rollt scheu und ein innerer Sturm blitzt aus seinem
Stern. Nach kurzer Pause begann er schauerlich:

„Nur daß die Furcht vor Etwas nach dem Tod —
Das unentdeckte Land, von deß Bezirk
Kein Wand'rer wiederkehrt — den Willen irrt,
Daß wir die Uebel, die wir haben, lieber
Ertragen, als zu Unbekannten flieh'n ..."

Nachdem erschütternden Vortrage dieser Worte erheiter-
ten sich, wie von einem Banne gelöst, Aug' und Miene,
und lächelnd sprach der Künstler: „Nun meine Herren,
wie kann ein Monolog, der das Wiederkehren eines Wanderers
aus dem unentdeckten Lande leugnet, einer Tragödie ange-
hören, deren Grundmotiv die Erscheinung eines Geistes
ist?" Ueberrascht, verblüfft sahen wir einander an und

senkten dann sinnend die Köpfe. Einer von uns fragte: „Hat denn noch Niemand diesen Knoten gelöst?" — „Ich wüßte nicht. Als mir Tieck, wie ich Ihnen bereits erzählte, über Shakespeare Unterricht gab, stürzte ich noch in der Hast der ersten Aufregung mit meiner widerlichen Entdeckung in sein Zimmer. Er saß hinter dem Tische und blickte, mich ruhig anhörend, auf den vorliegenden Shakespeare hinab. „„Pah! Pah!"" war die kurze Entgegnung auf meine wortreiche Beweis-führung, und als ich um Erklärung bat, schüttelte er das Haupt, daß die Locken wallten, und wiederholte: „„Pah! Pah! Was Ihnen einfällt!"" Mehr vermochte ich nicht aus seinem Munde zu ziehen, weder damals, noch später. Und noch nie und nirgends fand ich den Oedip für mein Räthsel. So hat sich meine Ver-muthung zur festen Ueberzeugung verdichtet." — Der geistreiche, scharfsinnige Freund Sch.. erschöpfte sich nun mit geschickten Versuchen; aber für den Augen-blick konnte er sich selbst am wenigsten befriedigen Um so eher mußte ich mich des Ankämpfens begeben. Wir ärgerten uns, daß uns diese Schwierigkeit niemals auf-fiel. Aber der eben vernommenen Ansicht beizustim-men, konnten wir uns nicht entschließen. Wir ver-tagten unser Endurtheil auf eine neue, sorgfältige Le-sung des Hamlet. Mir wurde die Muße zuerst. Leider konnte ich dem Herrn N.. mein Resultat nicht mehr mittheilen. Freund Sch.. und andere Freunde fanden wenigstens damals — beim flüchtigen Anhören — meine Rechtfertigung des Monologes genügend. — Aber was werden Sie dazu sagen? — Ach, das werde ich noch lange nicht erfahren! Sie Unerbittlicher! Sie Eigen=sinniger! — Der Tag, der mir gewöhnlich Ihre werthen Briefe bringt, ging mit leeren Händen vorüber. — Hei, welch ein Gedanke durchblitzt mich! Wohlan! Sie haben Ihren Willen, ich — den meinen. Wofern Sie mir auf diesen Brief nicht wenigstens einige Zeilen antworten, — so werde ich — jede Zeile unterlassen. Wählen Sie! Spitze gegen Spitze! — Und nun — nach dieser freundschaftlichen Kriegserklärung betrachte und entwickle ich friedlich den III. Akt.

Erste Scene. Der König hört hocherfreut Hamlets Vergnügen an den Schauspielen und nimmt die Einladung zu einem Drama gerne an.

„Schärft seine Lust noch ferner
Und treibt ihn zu Ergötzlichkeiten an."

Doch er will auch selbst beobachten. Dem Vor=schlage des Polonius zu Folge ist Ophelia in die Gallerie bestellt. Zum Vorwande der Einsamkeit soll sie in einem frommen Buche lesen. Polonius kann das Gefühl des Unwürdigen nicht unterdrücken.

„Wir sind oft hierin zu tadeln —
Gar viel erlebt man's — mit der Andacht. Mienen
Und frommem Wesen überzuckern wir
Den Teufel selbst.

König (bei Seite). O allzuwahr! Wie trifft
Dieß Wort mit scharfer Geißel mein Gewissen!
Der Metze Wange, schön durch falsche Kunst,
Ist häßlicher bei dem nicht, was ihr hilft,

4*

Als meine That bei meinem glatt'sten Worte.
O schwere Last!" —

Sie ziehen sich zurück hinter eine Tapete. Die Gewissensregung beider Männer stimmt unser Gefühl für das Ernste das nun kömmt. —

Hamlet schreitet heran — langsam, düster, in Gedanken vertieft. Auf was sinnt er? auf Rache? auf die That?

„Sein oder Nichtsein — das ist hier die Frage."

Da stehen wir denn also vor dem berühmten Monologe, und seine Anfangsworte — „Sein oder Nichtsein" — kehren sich gegen ihn selbst. Ich will weder die Schwie= rigkeit mit einer leichtfertigen Ausflucht umgehen, noch eine trübe Allgemeinheit als Erklärung zum Besten geben. Das Konkrete, das da vorliegt, muß evident, muß durchsichtig werden. —

Der Irländer Malone gab 1790 die Erklärung, kein Dahingeschiedener kehre in voller Körperlichkeit zu= rück (with all his corporal powers); der Geist, der dem Hamlet erscheine, habe zwar die alte Gestalt, wie bei Lebzeiten, aber „unverwundbar wie die Luft," und somit unkörperlich. — Solcher Kleister bindet nicht.

Denn es handelt sich darum, ob die Seele des Menschen in einer andern Welt noch fortlebe, oder nicht: eine sichere Kunde darüber aus der andern Welt selbst kann aber auch in bloßem Scheinkörper ein Geist erstatten, wenn ein Geist erscheint. Wirklicher Körper oder Scheinkörper fällt also hier gar nicht in Erwägung. Hamlet spricht nichts Geringeres aus, als daß über=

haupt kein Dahingeschiedener wiederkehre
und uns von dem Jenseits Kunde bringe.
Allerdings hat der Geist, welchen Hamlet gesehen, von
dießseitigen Dingen gesprochen, und von dem
Jenseits äußert er:

> „Wär mir's nicht untersagt,
> Das Inn're meines Kerkers zu enthüllen,
> So höb' ich eine Kunde an, von der
> Das kleinste Wort die Seele dir zermalmte,
> Dein junges Blut erstarrte, deine Augen
> Wie Stern' aus ihrem Kreise schießen machte.
> Doch diese ew'ge Offenbarung faßt
> Kein Ohr von Fleisch und Blut."

Aber obgleich der Geist die Schilderung der Ewigkeit unterdrückte, so bewies er doch durch seine
Wiederkehr die Fortdauer der menschlichen
Seele nach dem Tode und kündigte das
Schreckliche der jenseitigen Strafen er-
schütternd an. Wie verträgt sich also
der Monolog mit der vorausgehenden Erscheinung des Geistes?

Ein gründliches Urtheil können wir nicht aus ab-
gerissenen Einzelnheiten ziehen, sondern nur aus der
Untersuchung des psychologischen Zusam-
menhanges schöpfen. Wohlan — versuchen wir! —

„Sein oder Nichtsein — das ist hier die Frage."
Was will Hamlet damit? Seine nachfolgenden Worte
sind die Paraphrase:

„Ob's edler im Gemüth, die Pfeil' und Schleudern

Des wüthenden Geschicks erdulden, oder,

Sich waffnend gegen eine See von Plagen,

Durch Widerstand sie enden. Sterben — schlafen —

Nicht weiter! — und zu wissen, daß ein Schlaf

Das Herzweh und die tausend Stöße endet,

Die unsers Fleisches Erbtheil — 's ist ein Ziel

Auf's innigste zu wünschen."

Er frägt sich also: soll ich sein, d. h. soll ich leben und dulden? Oder kann ich durch Selbst-tödtung mir Ruhe verschaffen auf immer, so, daß ich nichts mehr fühle, daß ich nicht mehr bin? Man vergleicht den Tod dem Schlafe, der ja auch alle Seufzer stillt, alle Thränen trocknet, alle Empfindungen auslöscht. Nach einer solchen Ruhe sehnt er sich mit Herzensinbrunst:

„'s ist ein Ziel —

Auf's innigste zu wünschen! —"

Hamlets Gedanke gleitet aber nicht so schnell über die Oberfläche hinweg: er fixirt seinen Gegenstand, den Schlaf, und erforscht ihn. —

„Sterben — schlafen —"

Da erkennt er, daß der Schlaf selbst keine absolute Ruhe ist, wie ja schon die Träume bezeichnen, und so ist also auch die Ruhe durch den Tod — nicht gewiß.

„Schlafen! Vielleicht auch träumen! — Ja,

da liegts:

Was in dem Schlaf für Träume kommen

mögen,

Wenn wir den Drang des Irb'schen ab-
                                    geschüttelt,
Das zwingt uns still zu stehn. Das ist
                                    die Rücksicht,
Die Elend läßt zu hohen Jahren kommen.
Denn wer ertrüg' der Zeiten Spott und Geißel,
Des Mächt'gen Druck, des Stolzen Mißhandlungen,
Verschmähter Liebe Pein, des Rechtes Aufschub,
Den Uebermuth der Aemter und die Schmach,
Die Unwerth schweigendem Verdienst erweis't,
Wenn er sich selbst in Ruhstand setzen
                                    könnte
Mit einer Nadel bloß?"

Offenbar brütete Hamlet über Selbstmord. Wie
kam er auf diesen Gedanken? Was ging in seinem
Innern vor?

Sein Lebensüberdruß und Hang zum Selbstmorde
ist uns nichts Neues. Schon gleich Anfangs rief er
ja aus:

„O schmölze doch dieß allzufeste Fleisch,
Zerging und lös't in einen Thau sich auf!
Oder hätte nicht der Ew'ge sein Gebot
Gerichtet gegen Selbstmord!"

Nach der Erscheinung des Geistes quält ihn derselbe
Lebensüberdruß. Auf die Aeußerung des Polonius:
„Mein gnädigster Herr, ich will ehrerbietigst meinen
Abschied von Euch nehmen;" erwiedert Hamlet: „Ihr
könnt nichts von mir nehmen, Herr, das ich lieber
fahren ließe, — bis auf mein Leben, bis auf mein Leben."

Den lästigen Polonius also entläßt Hamlet gerne;
aber das eigene Leben ließe er noch weit lieber fahren:
denn dieses ist ihm das Lästigste, Unerträglichste
von Allem.

Der Lebensekel, der das Gemüth Hamlets erfüllt
und bei jeder Gelegenheit ausbricht, schwoll nun zum
wogenden Uebermaße. Der Trieb nach Selbstmord bringt
bis zu jenem äußersten Punkte vor, wo er zurückkehren,
oder in die That sich umsetzen muß. Ein Ge=
danke — die Rücksicht auf die Ewigkeit, —
zieht die Hand vom Griffe des Mordstahls wieder zurück.

„Nur daß die Furcht vor Etwas nach dem
Tod —

Das unentdeckte Land, von deß Bezirk
Kein Wand'rer wiederkehrt — den Willen irrt,
Daß wir die Uebel, die wir haben, lieber
Ertragen, als zu unbekannten flieh'n.
So macht Gewissen Feige aus uns allen;
Der angebornen Farbe der Entschließung
Wird des Gedankens Blässe angekränkelt;
Und Unternehmungen voll Mark und Nachdruck,
Durch diese Rücksicht aus der Bahn gelenkt,
Verlieren so der Handlung Namen.“

Aber wozu nun dieser befremdende und verirrende
Beisatz vom unentdeckten Lande, aus dem kein
Wand'rer wiederkehrt? — O, dieser Beisatz kann
nur durch ein völliges Mißverständniß als störend
erscheinen! Beim rechten Lichte besehen, ist er vielmehr
der goldene Schlüssel, dem Monologe eingefugt, um

deſſen Sinn, Motir und pſychologiſche Wahrheit auf-
zuſchließen. Ja, dieſe Stelle iſt gar kein bloßer Beiſaß,
auch nicht bloß ein organiſcher Theil des Ganzen, ſondern das lichte Auge des Monologes, aus dem ſein
innerſtes Weſen uns anſtrahlt.

Wie ſo denn? —

So wenig wir uns beim erſten Anblicke über Hamlets
beginnenden Vorſaß zum Selbſtmorde wundern können,
ſo muß uns eine ſolche Richtung in ihm doch auffallen
bei dieſen Zeitumſtänden — vor dem Vollzug der
anbefohlenen That, ja, unmittelbar vor der Entlarvung
des Königs.

Aber warum will denn Hamlet den König erſt auf
die Probe ſtellen? Weil er an der wirklichen Er-
ſcheinung ſeines Vaters zweifelt. Hamlet hat
kurz vorher, am Ende des zweiten Aktes, dieſen ſeinen
Zweifel ausdrücklich kundgegeben:

„Der Geiſt,
Den ich geſehen, kann ein Teufel ſein:
Der Teufel hat Gewalt, ſich zu verkleiden
In lockende Geſtalt; ja, und vielleicht,
Bei meiner Schwachheit und Melancholie,
(Da er ſehr mächtig iſt bei ſolchen Geiſtern)
Täuſcht er mich zum Verderben: Ich will
Grund,
Der ſich'rer iſt."

Hamlet hat nun zwar ſchon Vorkehrung getroffen,
zu dieſem ſicheren Grunde zu gelangen. Aber gerade
bevor der Wurm des Zweifels völlig erſterben ſoll,

sammelt er noch alle seine Kräfte und umschnürt mit passenden Ringen das geängstigte Herz: gerade bevor die Gewißheit eintreten soll, erreicht die Ungewißheit ihren höchsten Grad; der Zweifel treibt sich unmittelbar vor den Schwierigkeiten der strafenden That auf die äußerste Spitze hinaus, und wird, wenigstens momentan, zum Unglauben an des Vaters Erscheinung. In dieser Stimmung verliert Hamlet allen Muth, die volle Sicherheit, welche zu einer solchen Unternehmung moralisch nothwendig ist, zu gewinnen. Da sinkt der Entschluß, den König zu tödten, unter, und der Trieb, sich selbst zu entleiben, drängt sich vor.

Der Vorsatz zum Selbstmorde ist erst durch den Unglauben an die Erscheinung psychologisch motivirt. — Diese Motivirung erfahren wir, zwar schon aus dem natürlichen Fortschritte der innerlichen Zustände und Thätigkeiten; aber damit wir diesen Unglauben nicht nur mittelbar aus der Wirkung erkennen, sondern auch unmittelbar aus seinem eigenen Bekenntnisse, läßt der Dichter seinen Hamlet die unzweideutigen Worte sprechen:

„Das unentdeckte Land, von deß Bezirk
Kein Wand'rer wiederkehrt:" u. s. w.

Die Rücksicht auf die Ewigkeit hält uns vom Selbstmorde ab, obgleich kein Wand'rer aus der Ewigkeit zu uns zurückkehrt und uns davon Kunde bringt: obgleich wir also die Ewigkeit nicht kennen, und sie für uns Lebende ein unbekanntes Land bleibt.

Obgleich also Hamlet auch an die Rückkehr seines Vaters aus der Geisterwelt nicht glaubt, sondern die Erscheinung als ein Phantom der Hölle und seiner Melancholie betrachtet: so hält er doch ein Fortleben des Menschen in der Ewigkeit und eine göttliche, über Gute und Böse waltende Gerechtigkeit für möglich, und daher den Selbstmord für unvorsichtig, für unvernünftig, für gewissenlos. — Gleichwie der Unglaube an des Vaters Erscheinung den Trieb zum Selbstmorde frei ließ, so wurde dieser Trieb durch den Glauben an die Ewigkeit wieder unterdrückt.

Nach dieser natürlichen Entwicklung kann nun weder die erwähnte Stelle als Bestandtheil des Monologes befremden, noch der Monolog als Bestandtheil der Tragödie. Wie ein Kunstkenner bei antiken Bruchstücken ausruft: „Dieß ist eine Zeus-Stirn! Dieß eine Pallas-Miene! Dieß ein Herakles-Nacken!" eben so müßte Jeder, der in die Tragödie Hamlet Einsicht gewann, wenn dieser Monolog nach langer Trennung und Verborgenheit sich plötzlich wieder vorgefunden hätte, wonnig behaupten: „Dieß sind Hamlet's Worte und sie gehören als Monolog in die Tragödie." Selbst die Stelle würde ein feiner Kritiker anzuweisen vermögen: denn der Monolog kann im ganzen Drama keinen andern Punkt einnehmen, als den er inne hat. Der Zweifel wie der Lebensekel konnten nur hier bis zur äußersten Spitze auslaufen: denn früher war ein solches Extrem nicht reif, und später — nach der Ueberzeugung — nicht mehr möglich. Gleich wie der Monolog aus den vorausgehenden Bewegungen sich erhob, so treibt er nun in das Nachfolgende seine schäumenden Kreise.

Denn in dem Dialoge zwischen Hamlet und Ophelia bemerken wir nur zu klar die Nachschwingungen jener Melancholie, welche eben durch die Ahnung der Ewigkeit von dem Selbstmorde zurückgeschreckt wurde.

„Ich bin selbst leiblich tugendhaft; dennoch könnt' ich mich solcher Dinge anklagen, daß es besser wäre, meine Mutter hätte mich nicht geboren. Ich bin sehr stolz, rachsüchtig, ehrgeizig: mir stehen mehr Vergehungen zu Dienst, als ich Gedanken habe, sie zu hegen, Einbildungskraft, ihnen Gestalt zu geben, oder Zeit, sie auszuführen. Wozu sollen solche Gesellen, wie ich, zwischen Himmel und Erde herumkriechen? Wir sind ausgemachte Schurken, alle: trau keinem von uns!“

Hamlets Menschenverachtung ist demnach so allgemein: daß er sich selbst davon nicht ausschließt. Auch Ophelia nimmt er nicht mehr aus. Was er damals, wo der erste Riß geschah, nur durch schaurige Gebärden und durch einen tiefen Todesseufzer anzudeuten vermochte, das erklärt er nun unumwunden.

„Seid ihr tugendhaft?“

Oph.: „Gnädiger Herr?“

Haml.: „Seid Ihr schön?“

Oph.: „Was meint Eure Hoheit?“

Haml.: „Daß, wenn Ihr tugendhaft und schön seid,

eu're Tugend keinen Verkehr mit einer Schönheit
pflegen muß ... Denn die Macht der Schönheit
wird eher die Tugend in eine Kupplerin verwan-
deln, als die Kraft der Tugend die Schönheit sich
ähnlich machen kann. Dies war ehedem pa-
radox: aber nun bestätigt es die Zeit. Ich
liebte Euch einst."

Er begnügt sich nicht mit der Aufkündigung der Liebe,
sein melancholischer Vernichtungstrieb will sogar die
frühere Liebe noch vernichten, weil sie keine ächte,
vollkommene, himmlisch reine, des Namens würdige war.

„Ihr hättet nicht glauben sollen, denn
Tugend kann sich unserm alten Stamm nicht so
einimpfen, daß wir nicht einen Geschmack von ihm
behalten sollten: Ich liebte Euch nicht." —

Ja, wie er früher sich selbst vernichten wollte, so
wünscht er die Vernichtung des ganzen Menschen-
geschlechtes.

„Geh in ein Kloster. Warum wolltest du Sün-
der zur Welt bringen? ... Ich sage, wir wollen
nichts mehr von Heirathen wissen, wer schon ver-
heirathet ist, alle, außer Einem, sollen das Leben
behalten; die übrigen sollen bleiben, wie sie sind.
In ein Kloster! geh!" (Er entfernt sich.)

Dieß sind die fürchterlichen, nach Vernichtung schreien-
den Nachklänge des Monologes vom Selbstmorde! Dieß
ist die Stimmung! So harmonirt Alles nur zu sehr!
Es ist eine schaurige Harmonie von Dissonanzen der
unglücklichsten Menschenbrust! —

Aber während die Tragödie sich um denselben Punkt bewegte, schritt sie zugleich wieder vorwärts. Die Gemüthsstimmung schlägt innerlich um und bricht am Ende in die Worte aus: „Alle, außer Einem, sollen das Leben behalten." Was war nun das Motiv für diese plötzliche Wendung? Beim Anblicke Opheliens wallt Hamlets Zorn und Haß gegen das weibliche Geschlecht auf: wie Einer Erinnys die übrigen rasch sich beigesellen, fuhr zugleich in ihm die Erinnerung an die Schandthaten der Mutter empor und der nach Rache schnaubende Grimm gegen ihren Verführer. Der Lebensekel, der Mangel der Thatkraft, begünstigten die Skepsis gegen die Erscheinung: aber die Antipathie gegen das Frauengeschlecht und die Rachsucht gegen Klaudius fordert Glauben an die Aussage des Geistes. Für die Unternehmung der That erheischte der gewissenhafte Hamlet eine weit gründlichere Ueberzeugung: aber für die Rechtfertigung eines Gefühls, eines Affektes, einer Leidenschaft genügt ihm auch die vorhandene Gewißheit. Hamlets Seele ist zu erregbar, zu beweglich, zu elektrisch, als daß ihre Schnellkraft nicht rasch, wie der Blitz, von Einem Momente in den entgegengesetzten überspränge. Welche psychologische Wahrheit und Feinheit, welche Sicherheit, welche Natur! —

Die Unterredung Hamlets und Opheliens ist zunächst die ausdrückliche Trennung ihres Liebesverhältnisses: er sagt sich unumwunden von ihr los und sie gibt ihm die Geschenke zurück, welche mit dem Dufte des gebenden Herzens den Werth verloren. Dieß das Resultat der

Unterredung. — Doch jenes drohende „außer Einem“ ist eine mächtige Springfeder neuer Handlung. Der König hinter der Tapete verstand das Wort. Hamlet ist nun von ihm durchschaut. Augenblicklich faßt Klaudius den Entschluß, ihn nach England zu entfernen und dort für sein Verschwinden zu sorgen.

Polonius, der seiner Meinung nicht so leicht sich begibt, macht den Vorschlag, nach dem Schauspiele eine Zusammenkunft des Prinzen mit der Mutter zu veranlassen:

„ich will, wenn's Euch beliebt,
Mich in's Gehör der Unterredung stellen.“

Klaudius genehmigt den Plan. —

Nun aber hat auch Hamlet den Entschluß: den König zu ergründen, von neuem aufgenommen.

Zweite Scene. Der Prinz schließt den Horatio durch den Bund erklärter Freundschaft an sich. Die Worte des Geistes hatte er ihm schon anvertraut; nun entdeckt er ihm auch sein Vorhaben.

Aus skrupelhafter Sucht nach möglichster Gewißheit fordert er ihn zur Theilnahme an der Beobachtung des Königs auf:

„Achte mit der ganzen Kraft der Seele
Auf meinen Oheim; wenn die verborg'ne Schuld
Bei Einer Rede nicht zum Vorschein kommt,
So ist's ein höll'scher Geist, den wir gesehn,
Und meine Einbildungen sind so schwarz
Wie Schmiedezeug Vulkans. Bemerk' ihn recht;

Ich will an sein Gesicht mein Auge klammern
Und wir vereinen unser Urtheil" 2c.

Die Gesellschaft versammelt sich zum Schauspiele.

Hamlet setzt sich zu den Füßen Opheliens, dem Könige und der Königin gegenüber.

Er spricht Zoten. Warum? Aus sarkastischem Zorn gegen das weibliche Geschlecht. Sie gehen nicht aus unfläthiger Gesinnung hervor, sondern vielmehr aus dem Grimme über das Unfläthige. Sie sind Ironie und Spott und Hohn auf die Frauen. Der Dichter fordert diese Auffassung ausdrücklich durch Hamlets Worte:

„O, ich reiße Possen, wie kein Anderer. Was kann ein Mensch Besseres thun, als lustig sein? Denn seht nur, wie fröhlich meine Mutter aussieht und doch starb mein Vater vor noch nicht zwei Stunden."

Ophelia findet den Prolog kurz. Hamlet antwortet: „Wie Frauenliebe."

Zuerst spielt eine bloße Pantomime: Zärtlichkeit eines Königs und einer Königin: ein Bösewicht gießt dem Schlafenden Gift in das Ohr und stiehlt seine Krone. Dann vermählt er sich mit der Königin. Jetzt folgt dasselbe dramatisch, und zwar in Hamlets eingeschalteten Versen, mit genauer Angabe der 30 Jahre als der Zeit des älterlichen Ehebundes. Hamlet betitelt das Stück die Mausefalle. Der Fang gelingt. Wie Lucianus seinem Oheim Gonzaga das Gift in das Ohr gießt, erbebt und erbleicht der

König, rafft sich auf und geht davon. Alles folgt im Tumulte. Jetzt endlich jubelt Hamlet:

„Ei, der Gesunde hüpft und lacht,
Dem Wunden ist's vergällt:
Der Eine schläft, der And're wacht:
Das ist der Lauf der Welt."

Er hat den Listigen, der dießmal gleichsam schlief, überlistet. Er und Horatio sind jetzt von des Königs Schuld vollkommen überzeugt. Wozu das pantomimische Vorspiel? Um uns flüchtig das Ganze zu zeigen, da die Dichtung unterbrochen wird. Zugleich dient es, wie Hamlets pikante Worte an die Königin und den König, das Gewissen vorläufig wach zu rütteln und die Angst zu spannen.

Güldenstern dann Polonius — melden dem Prinzen, die Königin wünsche ihn zu sprechen. Hamlet reißt bei dieser Gelegenheit beiden Kreaturen die letzte Hülle ihrer Nichtswürdigkeit ab. Dem Erstern bringt er eine Flöte auf; da Güldenstern sie mit den nachdrücklichsten Entschuldigungen ablehnt, weil er des Spiels unkundig sei, bricht Hamlet los:

„Nun seht Ihr, welch' ein nichtswürdiges Ding Ihr aus mir macht? Ihr wollt auf mir spielen; Ihr wollt mich von meiner tiefsten Note bis zum Gipfel meiner Stimme hinauf prüfen... Wetter, denkt Ihr, daß ich leichter zu spielen bin, als eine Flöte?"

Die treulosen Freunde bedurften einer solchen anschaulichen und handgreiflichen Ueberweisung des Un-

würdigen und Vermessenen ihrer Handlungsweise.
Dem Polonius zeigt er mittelst seiner eigenen Worte,
daß er durch seinen Servilismus sich wirklich zum bloßen
Werkzeuge erniedrigt, daß er in der That nichts als
ein unselbständiges Instrument ist, das, wie
eine Flöte, hinaustönt, was man hineinblies.
Dieselbe Wolke ist ihm ein Kameel, ein Wiesel, ein
Wallfisch, je nachdem der Prinz es ihm vorsagt.

Es ist Nacht. Gedanken der Rache zucken durch
Hamlet. Nur eilt er zunächst zur Mutter, um auch
ihr die Maske abzunehmen, so wie er eben den
König entlarvt und dem Güldenstern und Polonius
ihre Nichtswürdigkeit aufgedeckt hat.

Dritte Scene. Der geschreckte König erträgt
keinen Aufschub mehr. Güldenstern und Rosenkranz
werden beauftragt, den Hamlet nach England zu geleiten.
Polonius meldet, daß er nun hinter der Tapete die Unter=
redung der Mutter und des Sohnes belauschen wolle.

Der König befindet sich allein, in nächtlicher Stille.
Unter dem Fackelscheine, welchen Hamlets rächende Hand
auf seine schwarze Seele wirft, sieht er selbst sein Ver=
brechen klarer als je. Denn der Mensch verhüllt und
bemäntelt sich selbst nur zu oft seine Schuld, so lange
sie Anderen noch verborgen ist. Gewahrt er sie aufge=
deckt, so sieht auch er sie klarer. — Auch in diesem
Ungeheuer regt sich noch das Höhere. Er fühlt bei
seiner Missethat zugleich Gottes Gerechtigkeit, auch des
Himmels allerbarmende Gnade erkennt er und sehnt sich
nach Rettung, nach Aussöhnung —

„Engel, helft! verfucht!

Beugt euch, ihr ftarren Knie'! geftähltes Herz,

Sei weich wie Sehnen neugebornter Kinder!

Vielleicht wird Alles gut."

Während er nun kniet, kömmt Hamlet des Weges zur Mutter.

„Jetzt könnt' ich's thun, bequem: er ift im Beten.

Jetzt will ich's thun."

Schon zieht er das Schwert. Da überfällt ihn der Gedanke:

„Und fo — geht er gen Himmel,

Und fo bin ich gerächt? ...

Hinein du Schwert! Sei fchrecklicher gezückt!"

Dieß ift nun die dritte Form der Auffchiebung der That: zuerst erschien die Zögerung in der Gestalt der nothwendigen Vorsicht in Ansehung der äußern Schwierigkeiten: dann in dem hehren Ernste der Gewiffenhaftigkeit, welche ohne vollkommene Ueberzeugung von der Schuld die Strafe nicht gestattet: jetzt endlich tritt die Verzögerung der Rache unter dem Scheine der Rache felbst auf. Bloß aus Rache, fo meint er, verfchiebe er die Rache. In Schwelgerei und Sünde will er den Verhaßten überfallen, um seine Seele defto sicherer in die Hölle zu fenden. Das Entfetzliche einer folchen Rachfucht erklärt fich aus feinem schwarzgalligen Temperamente, aus der ungewöhnlichen Intenfität aller feiner Affekte. Nicht ohne Grund fagte er felbst, er fei rachfüchtig.

Er geht alfo vorüber.

Der König erhebt sich. Er kann mit dem Himmel nicht anknüpfen, wenn er nicht allem Unrecht' entsagt. Doch auf die Krone zu verzichten, dazu ist er zu schwach. Und so wiederholt und vollendet in ihm das Böse den Sieg über das Gute und sein Maß ist voll.

Vierte Scene. Hamlet beginnt mit der Mutter sogleich im ernsten Tone. Sie ruft um Hilfe. Polonius regt sich hinter der Tapete und wird erstochen.

„Du kläglicher, vorwitziger Narr, fahr' wohl!
Ich nahm dich für 'nen Höhern.“

Hier tritt also die That ein, aber mit Verfehlung des Objektes, also nur der Thatversuch.

Hamlets Vorwürfe fallen nun dicht und schwer auf die Mutter. Nach einigem Sträuben fühlt sie sich überwunden: sie bekennt reuig: sie fleht um Schonung. Der stürmische Sohn hört nicht den mütterlichen Wehruf. Da erscheint der Geist. Mitternacht ist also vorüber. Hamlet spricht ihn als seinen Vater an:

„Kommt Ihr nicht, Euren trägen Sohn zu schelten,
Der Zeit und Leidenschaft versäumt, zur großen
Vollführung eines furchtbaren Gebotes?“

Geist. „Vergiß nicht! diese Heimsuchung
Soll nur den abgestumpften Vorsatz schärfen.
Doch schau! Entsetzen liegt auf deiner Mutter:
Tritt zwischen sie und ihre Seel' im Kampf;
In Schwachen wirkt die Einbildung am stärksten.
Sprich mit ihr, Hamlet!“

Durch diese Worte sind die Motive der Erscheinung

ausgedrückt: nämlich Ermahnung an Hamlet, die That
nicht fürder zu verschieben: aber noch weit mehr —
Vermittlung einer schonenden Behandlung
der Mutter. Denn gerade in dem Augenblicke, wo
eine solche Dazwischenkunft nothwendig ist, wird der
Geist sichtbar, jedoch nur dem Sohne.

Diese Einführung des Geistes macht dem Herzen
Shakespeare's Ehre. Die tragische Dichtung erlaubt die
Anwendung des Wunderbaren nur bei den gewaltigsten,
außerordentlichsten Beweggründen. Ein solcher Beweggrund ist nun dem Dichter die Achtung und Heilig-
haltung der Mutterwürde trotz aller Schuld! Welch'
edle, schöne Denkungsart! —

Endlich wirkt hier wohl auch noch ein allgemeines
poetisches Motiv. Die Strafpredigt und das Mora-
lisiren ist in Gefahr, aus dem Aether der Poesie in die
Atmosphäre der Prosa herabzusinken. Aber die Erscheinung des Geistes umweht die Scene mit den Schauern
der Ewigkeit und umgibt die beengte Endlichkeit mit er-
weiternder Ahnung des Unendlichen. Durch diese Steige-
rung wird die durch psychologische Wahrheit unüber-
treffliche Darstellung zu einer der schönsten Parthieen
der Tragödie.

Hamlet spricht am Ende auch noch von seiner Sen-
dung nach England. Er durchschaut den Plan und
hat schon Widerstand beschlossen.

„Der Spaß ist, wenn mit seinem eigenen Pulver
Der Feuerwerker auffliegt; und mich trügt,
Die Rechnung, wenn ich mich ein Klafter tiefer

Als ihre Mine grab' und sprenge ste
Bis an den Mond. O, es ist gar zu schön,
Wenn so zwei Listen sich entgegen geh'n!"
Er schleppt den Polonius mit sich fort.

Im ersten Akte war, jedoch unentwickelt, schon das Ganze enthalten. Im zweiten Akte öffnet sich die Knospenhülle und es tritt das gegenseitige Streben hervor, einander zu überlisten und zu ergründen. Der dritte Akt legt Alles aufgeschlossen und entfaltet zu Tage: aufgedeckt ist Hamlets Verstellung, das Verbrechen des Königs, die Schuld der Königin, die Nichtswürdigkeit der Höflinge: auch Hamlets Trennung von Ophelia wurde hier erst vollends offenbar.

Der dritte Akt ist so die Vollendung jener Evolution, die im zweiten begonnen, und trefflich hat er daher gerade doppelt so viele Scenen, als jener.

Aber wie in der Blume, nachdem ste ihre bunte Blätterfülle an das Licht ausgebreitet hat, gar bald zerstörende Kräfte sich entbinden und das Welken und die Auflösung herbeiführen: so beginnen auch in der Tragödie, nachdem das Innerliche allseitig sich nach außen gekehrt und offenkundig gemacht hat, die Tendenzen — nicht mehr eines bloßen Erkennens, sondern des Verderbens und Vernichtens zu wirken. Der König hat den Tod des Prinzen beschlossen, der Prinz den Tod des Königs. Nur ist Hamlet zunächst auf die Vertheidigung angewiesen.

Fünfter Brief.

Endlich! — Bei Ihrer Vorliebe für diätetische Be=
handlung wollten Sie, wie es scheint, an mir das
goldene Axiom erproben: „Der Hunger die beste Würze."
In der That — die lange Entbehrung, das gereizte
Verlangen, die zweifelnde Hoffnung, obgleich selbst bitter,
gaben dem Genusse Ihres ohnedieß angenehmen Briefes
einen versüßenden Beischmack. Doch Ihre Konsequenz
sorgte auch da wieder für die Vermeidung des Ueber=
maßes — freilich nur durch ein Uebermaß — der Spar=
samkeit. Ihre Mittheilung ist noch keine eigentliche Aeuße=
rung, sondern eine hellbunkle Mischung von Sprechen
und Schweigen. Sie erkennen zwar an vielen meiner
Erklärungen das Gepräge der natürlichen Nothwendigkeit;
aber manche — seien bloß mögliche. Warum weisen
Sie mir dieß an keinem einzigen Beispiele nach? Warum
bezeichnen Sie mir nicht eine einzige Stelle dieser Art?
— Ihre Bemerkung: „Schluß des zweiten Aktes??"
— gleicht völlig einer neckischen Sphinx. Ich hoffe
eine Uebersetzung Ihres Fragezeichens in Wörter. —
Desto tröstlicher war mir Ihre ausdrückliche Beistimmung
zu meiner Entwickelung des Monologes im letzten Briefe.
Ihr Urtheil über Gervinus lautet dießmal streng.
Auch ich bin kein Freund seiner rhetorischen Me=
thode; aber seine Resultate sind Früchte, die nur
an dem Baume lebendiger Forschung wuchsen. Sie
wünschen die Ansicht des von Ihnen geächteten Ulrici

über „den Wanderer, der nicht mehr wiederkehrt" zu
vernehmen. Er berührt, wie Gervinus, den wichtigen Vers mit keiner Sylbe; während aber
Gervinus S. 249 den Zweifel Hamlets in Ansehung
des Geistes nur flüchtig erwähnt, erklärt sich
Ulrici umständlicher, wie folgt: „Die Uebernahme
dieser Rolle (des verstellten Wahnsinns) beruht allerdings auf einem halben Glauben, oder wenn man will,
auf Unglauben an die Worte des Geistes, und dieser
Unglaube könnte für Zweifelsucht oder Bedenk-
lichkeitskrämerei gelten, wenn nicht das Ganze
ausdrücklich auf den Boden der christlichen Sittenlehre gestellt wäre, was geflissentlich gleich in der ersten
Scene angedeutet ist. Nach christlichen Begriffen
kann es kein ganz reiner, himmlischer Geist sein, der
auf der Erde umgeht, um vom Sohne die Rache
seines Todes zu fordern, und in der That erklärt der
Geist selbst, daß er noch verdammt sei zu fasten in der
Gluth, bis die Verbrechen seiner Zeitlichkeit hinweggeläutert seien. II. B. S. 434. — Ulrici begründet
also die ganze Rolle des verstellten Wahnsinns, schon
vom Anfange an durch den Unglauben an die
Worte des Geistes, und diesen Unglauben selbst motivirt
er nicht aus einer Zweifelsucht Hamlets, sondern
objektiv, weil nach der Lehre des Christenthums
ein erscheinender und Rache fordernder Geist kein
guter, also auch kein glaubwürdiger sein könne:
der Geist erkläre ja selbst, daß er noch der Läuterung
unterworfen sei. Wie Vieles ich dagegen einwenden

müßte, ersehen Sie aus meinen bisherigen Briefen. Und kann denn nach dem christkatholischen Lehrbegriffe, von dem da allein die Rede sein darf, ein dem Läuterungsorte angehöriger Geist noch zum Bösen antreiben? Es scheint, die gelehrten Protestanten wissen vom Tian und Brahma, von den Amschaspands und Izeds, von Osiris und Isis weit mehr, als vom Katholicismus. — Und was dann die „christliche Sittenlehre" anbelangt, fordert denn der Geist geradezu etwas Unsittliches? Kann denn diese Rache nicht die gerechte Strafe sein? Und ist sie es nicht — der Natur der Sache gemäß (Gervinus III. S. 246) und nach der Anlage der ganzen Tragödie? — Warum muß also dieser Geist nach dem christlichen Lehrbegriffe als ein unreiner, böser — angesehen werden? Wenn aber die christliche Lehre hiefür kein Grund ist, so müssen wir für Hamlets Unglauben den Grund in seiner Subjektivität suchen. Und auf diesen Grund hat uns denn doch der Dichter deutlich genug und oft genug angewiesen. Ulrici's Erklärung stellt die ganze Tragödie auf den Kopf. — Oder was sagen Sie dazu, mein Verehrter? — In der Erwartung eines umständlichern Briefes fahre ich in meinen Versuchen über Hamlet fort

Vierter Akt.

Kein Stillstand, keine Pause tritt ein zwischen dem dritten und vierten Akte. Noch in derselben Nacht, unmittelbar nach der Unterredung mit dem Sohne meldet die Königin dem Könige mit Entsetzen den Tod des

Polonius, jedoch den Hamlet entschuldigend. Der König ergreift diesen Vorfall als Beweggrund zur schnellsten Entfernung des Gefährlichen. Auch will er die Verständigsten berufen, um sich wegen des Mordes gegen bösen Leumund zu verwahren.

Die zweite Scene möchte beim ersten Anblicke überflüssig scheinen. Denn auf des Königs Befehl erkundigen sich Rosenkranz und Güldenstern bei Hamlet nach dem Leichnam des Polonius, und zwar vergeblich. Doch gerade die Zurückweisung und die begleitenden Aeußerungen enthalten die Idee. Diese ist nämlich die geistige Verurtheilung und Wegwerfung der beiden Wichte. Hamlet legt durch die Verachtung ihrer Forderung die Verachtung gegen ihre Person zu Tage. Er vergleicht sie mit dem Bissen, den der Affe im hintersten Mundwinkel behält, bis es ihm beliebt, ihn hinabzuschlucken; mit dem Schwamme, der, nachdem er Alles eingesogen hat, ausgedrückt und hinweggeschleudert wird. Wir fühlen, daß diesen erbärmlichen Hofsclaven kein besseres Loos gebührt, und gerade dadurch sind wir in der gehörigen Stimmung, ihr nahendes Schicksal zu vernehmen.

In der dritten Scene ergeht ein ähnliches Todesgericht über den König.

König: „Nun, Hamlet, wo ist Polonius?"

Hamlet: „Beim Nachtmahl."

König: „Beim Nachtmahl?"

Hamlet: „Nicht wo er speist, sondern wo er gespeist wird. Eine gewisse Reichsversammlung von politischen Würmern hat sich eben an ihn gemacht. So ein Wurm ist euch der einzige Kaiser, was die Tafel betrifft. Wir mästen alle andern Kreaturen, um uns zu mästen; und uns selbst mästen wir für Maden. Der fette König und der magere Bettler sind nur verschiedene Gerichte: zwei Schüsseln, aber für Eine Tafel: das ist das Ende vom Liede."

König: „Ach Gott! ach Gott!"

Hamlet: „Jemand könnte mit dem Wurm fischen, der von einem Könige gegessen hat, und von dem Fische essen, der den Wurm verzehrte."

König: „Was meinst du damit?"

Hamlet: „Nichts als Euch zu zeigen, wie ein König seinen Weg durch die Gedärme eines Bettlers nehmen kann."

König: „Wo ist Polonius?

Hamlet: „Im Himmel. Schickt hin, um zuzusehen. Wenn euer Bote ihn da nicht findet, so sucht ihn selbst an einem andern Orte. Aber wahrhaftig, wenn Ihr ihn nicht binnen dieses Monates findet, so werdet Ihr ihn wittern, wenn Ihr die Treppe zur Galerie hinaufgeht."

Nicht erst bei Sonnenaufgang, wie der König zuerst zur Königin geäußert hatte, muß das Schiff in die See, sondern augenblicklich, noch in der Nacht.

Klaudius ist allein. Jetzt spricht er endlich den geahnten Todesplan offen aus. Der lehenspflichtige König von England wird ungesäumt den Hamlet tödten.

Vierte Scene. Fortinbras, mit seinem Heere
vorüberziehend, gibt einem Hauptmann Aufträge an den
dänischen König. Hamlet, auf dem Wege zum Schiffe,
vernimmt von diesem Hauptmann die Absicht des norwegischen Prinzen, den Zweck des Zuges und des
Krieges.

Diese Scene bringt uns nicht nur den Fortinbras endlich nahe, der am Ende von größter Wich-
tigkeit sein wird, sondern sie dient zugleich, den Hamlet
durch seinen Gegensatz von neuem zu beleuchten
und zu spornen. Durch seine bisherige Unthätigkeit
blieb noch Alles im Alten: der Mörder lebt, die Usur-
pation dauert fort. Ja, Hamlet läßt sich sogar von
dem Standorte der anbefohlenen Wirksamkeit verdrängen
und in eine Gefährdung des eigenen Lebens hinein-
treiben. Diese Saumseligkeit, diese Schlaffheit, das
Unwürdige dieser ganzen Unthätigkeit soll nun dem
Hamlet und uns offenbar werden und fühlbar.

„Wie jeder Anlaß mich verklagt und spornt
Die träge Rache an! Was ist der Mensch,
Wenn seiner Zeit Gewinn, sein höchstes Gut,
Nur Schlaf und Essen ist? Ein Vieh, nichts weiter.
       Nun —
Sei's viehisches Vergessen, oder sei's
Ein banger Zweifel, welcher zu genau
Bedenkt den Ausgang — ein Gedanke, der
Zerlegt man ihn, ein Viertel Weisheit nur
Und stets drei Viertel Feigheit hat — ich weiß nicht
Weßwegen ich noch lebe, um zu sagen:

Dieß muß geschehn: da ich doch Grund und
Willen

Und Kraft und Mittel hab', um es zu thun.

Beispiele, die zu greifen, mahnen mich.

So dieses Heer, von solcher Zahl und Stärke,

Deß Muth von hoher Ehrbegier geschwellt,

Die Stirn dem unsichtbaren Ausgang beut ꝛc.

    Wahrhaft groß sein heißt

Nicht ohne großen Gegenstand sich regen;

Doch einen Strohhalm selber groß verfechten,

Wenn Ehre auf dem Spiel'. Wie steh denn ich,

Den seines Vaters Mord, der Mutter Schande,

Antriebe der Vernunft und des Geblüts,

Den nichts erweckt? Ich seh' indeß beschämt

Den nahen Tod von zwanzigtausend Mann,

Die für 'ne Grille, ein Phantom des Ruhms,

Zum Grab' gehn wie ins Bett. . . .

    O von Stund an trachtet

Nach Blut, Gedanken, oder seid verachtet!"

Schon wieder die Gedanken!

 Fünfte Scene. Ophelia im Wahnsinne.
Auf ihr dringendes Verlangen führt sie Horatio bei der
Königin ein.

  „Wo ist die schöne Majestät von Dänemark?

 Wie erkenn' ich dein Treulieb

 Vor den Andern nun?

 An dem Muschelhut und Stab

 Und den Sandelschuh'n."

Sie schwärmt von Liebe. Wir wissen von welcher.

Der Liebhaber hat sich in einen Pilger verkleidet, so daß er unkenntlich wurde. Eine sinnige Anspielung des Dichters auf den durch Wahnsinn vermummten, un= kenntlich gewordenen Geliebten Opheliens!

Für die Königin aber klang die Frage:

> „Wie erkenne ich dein Treulieb
>
> Vor den Andern nun?"

etwa so: Wer ist nun dein Treulieb, der dahingeschiedene König, oder der jetzige Buhle?

Nicht umsonst wurde sie selbst als die „schöne Majestät" begrüßt. Die Königin unterbricht daher den Gesang mit Schmerz: „Ach, süßes Fräulein, wozu soll dieses Lied?"

Ophel.: „Was beliebt? Nein, bitte, hört!

> Er ist lange todt und hin,
>
> Todt und hin, Fräulein!
>
> Ihm zu Häupten ein Rasen grün
>
> Ihm zu Fuß ein Stein."

Ophelia hat zwar für sich den Vater im Sinne; aber die Königin wird an das Grab ihres so tief ver= letzten Gatten erinnert, zumal da lady nicht bloß Fräulein bedeutet, sondern zugleich und vorzugsweise Frau.

> „Sein Leichenhemd weiß wie Schnee zu seh'n
>
> (Der König tritt ein.)
>
> Geziert mit Blumensegen,
>
> Das unbethränt zum Grab mußt gehn
>
> Vom Liebesregen."

Unbegreiflich bleibt Ortlepps Uebersetzung:

„Sein Leichenhemd weiß wie Schnee zu seh'n —
Mit Blumen übergossen,
Die naß zu Grabe mußten gehn,
Von Thränen überflossen."

Das not schien dem Ueberseßer ein so geringfügiges Wörtchen, daß es unbeschadet **ignorirt** werden konnte! Der **unbethränte** Leichnam ist es eben, der dem **Könige** vorgerückt wird. Diese dritte Strophe gehört vorzugsweise ihm: deßhalb tritt er auch **während derselben** ein. Dem **Brudermörder** steht **die unbethränte Beerbigung nahe bevor.**

Die nachfolgenden Worte werfen das Schlaglicht auf den Sinn.

„Sie sagen, die Eule war eines Bäckers Tochter. Ach Herr, wir wissen wohl, was wir sind, aber nicht, **was wir werden können.** Gott segne Euch **die Mahlzeit.**"

Der Unglück verkündende Vogel, die Eule, ist hier die Tochter des Polonius, der im Grunde nur ein gemeiner Mann war. Was die Mahlzeit bedeutet, wissen wir noch aus Hamlets Worten:

„Nicht wo man speist, sondern **wo man gespeist wird.**"

Wer bei Shakespeare Bedeutungsloses auch nur im Kleinen vermuthet, täuscht sich. Jedes müßige Wort ist ächter Poesie eine Sünde.

Nun aber folgen Strophen, welche Kritiker aus der Rolle des Polonius als eine unverzeihliche Unart Shakespeare's erklären, als ein plumpes Herausfallen aus dem

Charakter, indem er, um einige seiner unsläthigen
Reden zum Besten zu geben, dieselben der unschuldigen,
engelreinen Ophelia auf die Zunge legt.

Sie singt nämlich von der Nacht vor St. Valentin,
wo nach altem Herkommen das Mädchen an das Fenster
des Liebhabers ging:

„Auf morgen ist Sanct Valentins-Tag!
Wohl an der Zeit noch früh!
Und ich, 'ne Maid, am Fensterschlag
Will sein Eu'r Valentin.

Er war bereit, that an sein Kleid,
That auf die Kammerthür,
Ließ ein die Maid, die als 'ne Maid
Ging nimmermehr herfür.

Bei uns'rer Frau und Sanct Kathrein!
O pfui, was soll das sein?" 2c. 2c.

Wie erklärt sich nun ein solches Lied bei Ophelia
psychologisch?

Schon Göthe hat in seinem Wilhelm Meister das
Wahre nachgewiesen, nur wurde daselbst auf die feine
Gradation der Charakter-Entwickelung nicht vollständig
Rücksicht genommen.

Wie wir uns noch erinnern, sagte Ophelia vor ihrem
strengen Vater eine Zweideutigkeit, ohne sie zu
verstehen. Denn hätte sie dieselbe verstanden, so hätte
sie die Aeußerung unterdrückt. Eine entschlüpfende
Uebereilung ihr aufzubürden, wäre für den Dichter eine
poetische Rohheit und Inkonsequenz. Er will uns Ophelia
in ihrem ersten Erscheinen offenbar als eine paradiesische

Blume, als eine englische Unschuld, als die reinste Holdseligkeit darstellen. Das kindliche Mädchen hat vom
Unreinen noch keine klare Vorstellung, und daher verfällt
ihre Naivetät auf einen Ausdruck, den die Kenntniß des
Bösen belächelt. Nur im Allgemeinen schwebt auch
ihrer jungfräulichen Sittsamkeit etwas Ungebührliches vor,
welches so manches Liebesverhältniß verdüstert und vom
Verdachte auch auf Hamlets Zudringlichkeit bezogen werden
konnte. Daher setzt sie bei: „In aller Ehr' und Sitte."
— Dieß ist Opheliens erstes Stadium.

In jener Scene, wo Hamlet zu ihren Füßen sitzt,
bemerken wir an ihr schon eine auffallende Ver-
änderung. Sie versteht alle Zweideutigkeiten
und alle Zoten Hamlets, weist jedoch alles Un-
anständige jungfräulich von sich ab.

Wie entwickelte sich in ihrer reinen Seele so bald eine
solche Kenntniß?

Nach der Unterredung in der Galerie bringt ihre,
sonst verborgene, Klage an unser Ohr:

„O welch' ein edler Geist ist hier zerstört!
Des Hofmanns Auge, des Gelehrten Zunge,
Des Kriegers Arm, des Staates Blum' und Hoff-
nung,
Der Sitte Spiegel und der Bildung Muster,
Das Merkziel der Betrachter: ganz, ganz hin!
Und ich, der Frau'n elendeste und ärmste,
Die seiner Schwüre Honig sog, ich sehe
Die edle hochgebietende Vernunft
Mißtönend wie verstimmte Glocken jetzt;

Dieß hohe Bild, die Züge blüh'nder Jugend
Durch Schwärmerei zerrüttet: weh mir, wehe!
Daß ich sah, was ich sah, und sehe, was ich
                                    sehe!"

Ihre Trauer hing dem Verluste nach und ihre Phantasie umklammerte nicht bloß das vorschwebende Ideal, sondern sie verfolgte durch heimliche Gänge die reizenden Schattenbilder der erstorbenen Freuden. Und von diesem Gemüthszustande können wir sie bis zum Valentinsliede leicht begleiten. War es nicht natürlich, daß sie in ihrem Gefühle durch verwandte Lieder den Ausdruck ließ? Daß ähnliche, erotische Träume ihrer melancholischen Schwärmerei die willkommenste Gesellschaft waren? So sang sie also ihrer unglücklichen Liebe Lieder vor — von dem vermummten, kaum mehr zu erkennenden Liebhaber; von dem beneidenswerthen Mädchen, das, von der Nacht umhüllt, von der Sitte nicht gebunden, dem Triebe des Herzens folgen kann und zum Kämmerlein des Geliebten schleicht.

Und was Ophelia in unbelauschter Einsamkeit gesungen, dieß wiederholt nun ihr Wahnsinn verrätherisch vor aller Welt, vor der Königin, vor dem Könige. —

Wenden wir uns jetzt wieder dem Gange des Drama's zu.

Der König äußert der Königin seine Besorgniß vor Laertes, welcher aus Frankreich heimlich zurückgekehrt sei und von Böswilligen zum schlimmsten Verdachte aufgereizt werde.

Die Vermuthung erwahrt sich.

An der Spitze eines meuterischen Pöbelhaufens stürmt Laertes die Burg, und bringt mit gezücktem Schwerte bis in das königliche Zimmer. Kaum beschwichtigte der König seinen ersten Anfall, als Ophelia wieder heran= kömmt und den Brausenden beinahe außer sich bringt. Was ist der Zweck dieses wiederholten Auftretens der Wahnsinnigen? Wollte der Dichter nichts Anderes, als ein Bild ihrer Krankheit geben, und durch dieß Unglück der Schwester den Bruder noch mehr zur Rache entflammen, so konnte dieß Alles durch ein einziges Erscheinen Opheliens erreicht werden. Doch dießmal hat ihre Einführung zugleich noch eine eigene Bedeutung. Sie erscheint mit Kräutern und Blumen phantastisch geschmückt; sie theilt Vergiß= meinnicht zum Andenken aus und Rosmarin als Symbol der Treue. Mit Ausnahme eines einzigen, flüchtigen Tones von Lust und Liebe singt sie nur von des Vaters Tod und Grab.

> „Er ist hin, er ist hin,
> Und kein Leid bringt Gewinn;
> Gott helf' ihm ins Himmelreich!
> Und allen Christenseelen! Drum bet' ich. —
> Gott sei mit Euch!"

So nimmt Ophelia Abschied von der Welt: sie sagt Allen ihr letztes Lebewohl. Sie sah im Wahnsinne plötzlich eine Taube und rief: „Fahre wohl, meine Taube!" Diese hinwegfliegende Taube ist Ophelia selbst.

Nichts, als solche Todeslieder, war zugleich geeigneter,

6*

des Laertes Galle noch kochender und schäumender zu machen. Der König fordert den Racheschnaubenden auf, aus den verständigsten Freunden über des Vaters Tod ein Gericht zusammenzusetzen, und dem Urtheile desselben gelobt er, der König, sich zu unterwerfen.

Sechste Scene. Matrosen überreichen dem Horatio einen Brief von Hamlet.

„Horatio, wenn du dieß durchgesehen haben wirst, verschaffe diesen Leuten Zutritt beim Könige; sie haben Briefe für ihn. Wir waren noch nicht zwei Tage auf der See gewesen, als ein stark gerüsteter Korsar Jagd auf uns machte. . . . Während des Handgemenges enterte ich; in dem Augenblicke machten sie sich von unserem Schiffe los, und so ward ich allein ihr Gefangener. . . . Rosenkranz und Güldenstern setzten ihre Reise nach England fort."

Wie ging nun diese Rettung vor sich? Durch bloßen Zufall oder durch Hamlets Veranstaltung? Im nächsten Akte beut sich eine günstige Gelegenheit dar zur Beantwortung dieser Frage.

Siebente Scene. Laertes hat sich inzwischen von des Königs Unschuld überzeugt; seine Rache kehrt sich jetzt ganz gegen Hamlet.

In diesem Augenblicke kömmt Hamlets schriftliche Meldung von seiner wunderbaren Rückkunft.

Der stutzende König entwirft sogleich einen neuen Plan zum Verderben des Neffen. Laertes war als der erste Fechter gerühmt worden.

„Dieser Bericht, so äußert der König,
Vergiftete den Hamlet so mit Neid,

Daß er nichts that, als wünschen, daß Ihr schleunig
Zurückkämet, um mit Euch sich zu versuchen."

Er wolle den Prinzen zu einem Wettkampfe mit
Laertes reizen.

„Er — achtlos, edel, frei von allem Arg
Wird die Rappiere nicht genau besehn;
So könnt Ihr leicht mit ein paar leichten Griffen
Euch eine nicht gestumpfte Klinge wählen,
Und ihn mit einem wohlgeführten Stoß
Für euren Vater lohnen."

Laertes. „Ich will's thun.

Und zu dem Endzweck meinen Degen salben . . .".
nämlich mit Gift, welches bei der winzigsten Ritzung
den unvermeidlichen Tod bringt.

Der vorsichtige König erdenkt zur möglichst großen
Sicherheit noch einen neuen Plan. Das Gift der Klinge
brachte ihn auf den Gedanken.

„Wenn Ihr vom Fechten heiß und durstig seid,
(Ihr müßt deßhalb die Gänge heft'ger machen)
Und er zu trinken fordert, soll ein Kelch
Bereit steh'n, der, wenn er davon nur nippt,
Entging er etwa Eurem gift'gen Stich,
Noch unsern Anschlag sichert. Aber still!
Was für ein Lärm?"

Die Königin meldet, Ophelia sei ertrunken.
Sie fiel von einem Weidenbaume, den sie mit Laub-
gewinde bekränzte, in das Wasser hinab, und wie ein
Schwan, schwamm sie singend auf den Wellen fort,
bis sie endlich untersank. —

Laertes bricht des Widerstrebens ungeachtet, in Thränen aus; seine Rache lechzt nach Hamlets Blut.

Die ersten vier Scenen spielen von der Zeit nach Mitternacht bis gegen Tagesanbruch: denn vor Sonnenaufgang soll Hamlet abreisen. Dann folgt als fünfte Scene Opheliens Wahnsinn; in der sechsten empfängt Horatio von Hamlet die Nachricht, daß dieser am zweiten Tage der Fahrt von Piraten gefangen genommen wurde. Von da bis zur Ankunft des Briefes verging nothwendig der Rest des Tages und die Nacht. Folglich erhält Horatio den Brief Hamlets erst am dritten Tage nach dessen Abfahrt. Also geschieht in diesem Akte zwischen der vierten und sechsten Scene ein geheimer Zeitsprung von drei Tagen. Die fünfte und sechste Scene haben nur einen losen Verband, und im Dämmer dieser Unbestimmtheit wirkt der Dichter seinen Zauber. Für des Laertes geheime Rückkehr wurde kein Grund angegeben: wenn die Nachricht von dem Tode des Vaters ihn herbeizog, so begegnen wir da einer noch größern Anomalie. Belächeln mag auch Mancher, daß Fortinbras auf seinem Kriegszuge nach Polen den Landweg über Seeland einschlägt. Nichts ist bequemer, als in solchen Fällen sich an der Unwissenheit des Dichters zu ergötzen. Wir sahen bei der sechsten Scene ein grelles Beispiel, wie Shakespeare mit poetischer Freiheit sich über die natürliche Zeitfolge hinausschwingt; liegt es also nicht nahe genug, von demselben Gesichtspunkte aus auch seine Behandlung der Raumverhältnisse zu erklären?

Gleichwie die Poesie nicht an die gewöhnliche Sprache und an die wirklichen Dinge und Ereignisse gebunden, ist, eben so wenig hemmen empirische Zeiten und Räume ihren Flug.

„G'nug: den Poeten bindet keine Zeit!"

Fauſt.

Nicht die Wiederholung des Vorhandenen iſt die Beſtimmung der Kunſt, ſondern die Schaffung einer neuen Welt, die den Stempel der Geiſtesfreiheit an ſich trägt. Die Romantik, von Unendlichkeit trunken, ſchwärmt noch beſonders mit Luſt in das Schrankenloſe aus, und je poetiſcher ihre Zeit war, um ſo freier war ihre Bewegung. Heine wirft den kecken Aphorismus hin: „Der Schauplatz von Shakeſpeare's Dramen iſt der Erdball, und das iſt ſeine Einheit des Ortes: die Ewigkeit iſt die Periode, während welcher ſeine Stücke ſpielen, und das iſt die Einheit der Zeit."

Aber auch die bloße Vorſchützung der poetiſchen Freiheit und romantiſchen Schrankenloſigkeit genügt noch nicht immer. Was die philiſterhafte, ſchale Proſa als Verſtoß, als Unverſtand betrachtet, gerade das hat die Poeſie ſehr oft aus beſondern, poetiſchen Motiven verſtändig und weiſe geſetzt. Auch wir werden in der Folge noch die ſpeciellen Urſachen kennen lernen, warum Shakeſpeare Dänemark wie ein Feſtland zwiſchen Norwegen und Polen behandelt und Seeland und Frankreich ſo nahe zuſammenrückt.

Der vierte Akt iſt nebſt dem zweiten und fünften der kürzeſte. Die Handlung eilt zum Ziele. Aber

warum eine so große Anzahl von Scenen, wie sonst
nirgends? Sieben Scenen! Zur Charakterisirung
der verworrenen Unruhe. Die Handlung gleicht
hier einem Menschen, der keine Rast hat, der nicht
schläft, nicht ißt, nur abgebrochene Worte hinwirft, auf
und nieder eilt; es gährt und wogt in ihm: Gedanken,
Pläne, Antriebe, Hindernisse durchkreuzen sich und kämpfen
um den Ausschlag. Dieß ist der Zustand vor der
Entscheidung, die Unruhe vor der That. Nur
Opheliens Wahnsinn und Abschied und Ende erscheint
in dem entzückendsten Zauber der Poesie. Ihre letzten
Laute waren ihr Schwanengesang, dessen Töne uns
in der Ferne verhallen. Alles Uebrige ist mehr skizzirt,
als ausgeführt. Jedoch deßhalb dürfen wir noch bei
Weitem nicht dem Urtheile des gelehrten, aber durch
Verfolgung Eines Zielpunktes oft abgleitenden Gervinus
beitreten, wo er schreibt: „Ein Shakspearisches Stück ist
wie eine Zeichnung ohne Farbe; es verhält sich
ähnlich zu der Darstellung, wie ein Operntext zur
musikalischen Ausführung. „Poetische National-
literatur IV. B. S. 386." Ein Shakespeare'sches Drama
wie eine Zeichnung ohne Farbe! Die Darstellung auf
der Bühne, die Kunst des Schauspielers muß erst die
Umrisse ausfüllen, das Gerippe mit Muskeln bekleiden
und mit Odem und Farbe beleben! Sind z. B. die ersten
drei Akte eine Zeichnung ohne Farbe? Ist es der Wahnsinn
Opheliens im vierten? Welcher Dramatiker, seitdem eine
dramatische Dichtung existirt, ist beredter, individueller,
lebendiger, als Shakespeare?

Wo er aber die Fülle der Ausführung beschränkt, wie bei unserer Tragödie in den ersten Scenen des vierten Aktes und in der zweiten Scene des fünften: da geschieht es aus dramatischer Weisheit. Die rasche Bewegung der Handlung erlaubt nicht mehr die Zögerung langer Rede. Vieler Worte bedarf auch nicht mehr die Entwickelung der Charaktere, nachdem sie sich schon hinlänglich entfaltet und entschieden. Bei Shakespeare stehen Wort und Handlung im Gleichgewichte; jenes wiegt zuerst vor, diese zuletzt. Nachdem das Innere sich durch alle Farben der Rede geoffenbart, weicht die bunte, wallende Blüthe der Beredtsamkeit und es gestaltet sich die straffe Frucht der That. Also nicht im Allgemeinen ist Shakespeare skizzirend, sondern nur im Einzelnen; und nicht aus bloß äußerer Rücksicht für die Bühne, sondern schon aus immanenten Motiven der Dichtung selbst.

Sechster Brief.

Sie finden an mir nur einen Panegyriker Shakespeare's aber Sie vermissen den Kritiker. — Lieber Herr Doktor, ich beabsichtige hier weder Lob noch Tadel: ich suche nur den großen Dichter zu verstehen. Was er dachte und wollte, wie er es meinte und sich vorstellte, wie er das Ganze und einzelne im Innern trug, in seinem Werke wieder zu entdecken, aus seinem

Worte seinen Geist, und dann wieder aus seinem Geiste
sein Wort zu erkennen, dieß, und nichts Anderes, ist
hier mein Ziel. Die Kritik des Vollendeten
besteht nur in dessen Erkenntniß. — „Des Vollendeten?" flüstern Sie kopfschüttelnd vor sich hin. —
Wohlan, auch wo dem Schönen sich Trübungen bei-
mischten, gelte mir Winckelmanns nicht genug zu
beachtende, goldene Regel: „Suche nicht die Mängel
und Unvollkommenheiten in Werken der Kunst
zu entdecken, bevor du das Schöne erkennen
und finden gelernt." (Gesch. v. K. V. B. 6. Kap.)
So gehe ich denn im Bereiche der Kunst, so viel mir
möglich, nur dem Vorzüglichsten zu, und in diesem selbst
suche ich vor Allem das Wahre und Schöne. Gönnen
Sie mir die selige Einseitigkeit, nur beim Gesunden zu
weilen und an dem Frischen, an dem Lebenskräftigen
mich zu erquicken; phatologische Diagnosen und Studien
des Abnormen überlasse ich den Aerzten, Orthopädisten
und Heilkünstlern jeder Art.

Etwas Anderes wäre es freilich, wenn ich das
Häßliche schön, das Alberne weise und das Fehlerhafte
mustergültig fände. Sie machen mir nicht unbeutlich
diesen Vorwurf und erinnern an den Balbinus und polypus
Agnac*). Sie lächeln über meine Erklärung des Skizzen-
artigen in den letzten Akten des Hamlet. Es sei ja
doch weit einfacher und natürlicher, anzunehmen, daß
Shakespeare diesen Theil nicht mehr vollendete. —

*) Hor. I. Serm. III. 40.

Seltsam, daß wir etwas Aehnliches gerade bei seinen
herrlichsten Tragödien gewahren, beim Julius Cäsar, beim
Lear 2c. Uebrigens wissen Sie aus Gervinus (III. S. 242),
daß der jetzige Hamlet eine Ueberarbeitung der ursprüng-
lichen Ausgabe von 1603 ist. Die neuen Zusätze sind
nichts als einige nachhelfende Pinselstriche, besonders im
dritten und vierten Akte. Man ersieht aus der Ver-
gleichung deutlich, daß es sich nicht mehr um die
Vollendung des Werkes handelte, sondern nur um
einige aufhellende Streiflichter. —

Meine Auffassung der Ophelia kömmt Ihnen ganz
antishakespearisch vor, idealistisch, sentimental, unnatürlich.
Sie denken sich das Verhältniß der Schönen zum „Zotten-
reißer" Hamlet nicht so platonisch. Aber wie könnte
dann Ophelia den Hamlet „der Sitte Spiegel" nennen
und Hamlet noch sie fragen: ob sie tugendhaft sei?
(III. A. 1. Sc.) Wie könnte er sich selbst als „leidlich
tugendhaft" erklären? Wie könnte er sein Verhältniß
zu Ophelia als Tugend ansehen, wenn auch als eine
dem Adamsstamme eingeimpfte? Wie könnte der Dichter
die Seele der Unglücklichen mit einer Taube (IV. A.
5. Sc.) vergleichen und sie als Engel vor dem Throne
Gottes erblicken? (V. A. 1. Sc.) —

Sie werden es mir daher nicht verargen, wenn ich
in beiden Beziehungen bei meiner Ansicht verharre. Meine
Rechtfertigung wird Ihnen nicht als Rechthaberei erscheinen
und am wenigsten ein Hinderniß werden, mir Ihre Bedenken und Erwartungen ohne Rückhalt mitzutheilen. —
Den flüchtigen letzten Akt will ich eben auch nur

flüchtig besprechen, und dann im nächsten Briefe die Umschau über das Ganze beginnen.

Fünfter Akt.

Scene auf dem Kirchhofe. Zwei Todtengräber disluriren witzig über das Begräbnißrecht eines ertränkten Fräuleins. Es ist uns also schon der nächste Zweck angegeben, weßhalb hier ein Friedhof erscheint. Opheliens Schicksal erheischt noch einen versöhnenden, befriedigenden Abschluß. Zu diesem Zwecke folgt also noch die Scene ihrer Bestattung.

Aber wozu denn diese breiten Reflexionen, dieses lange Verweilen und Schauen und Denken vor den Gräbern? Gilt all dieses nur der Hülle der vor Kurzem noch so reizenden Ophelia? Nein — dieser große Apparat dient einer größern Idee: diese Scene auf dem Kirch= hofe ist die schaurige Ouverture zur tragischen Katastrophe. Der Friedhof mit allen Gräbern und Skeletten, mit all seinem Moder und Gewürm ist das Vorspiel des zusammenstürzenden Königshauses, des Untergangs so vieler Personen, ist das Symbol der vergänglichen, nichtigen, sich auflösenden Erdenwelt überhaupt.

Daher singt der Todtengräber zuerst von seiner Jugendlust:

„In jungen Jahren ich lieben thät,
    Das dünkte mir so süß.
Die Zeit zu verbringen, ach, früh und spät,
    Behagte mir nichts wie dieß.“

Dan fingt er vom Alter:

> „Doch Alter mit dem schleichenden Tritt
> Hat mich gepackt mit der Fauft,
> Und hat mich weg aus dem Lande geschifft,
> Als hätt' ich da nimmer gehauft."

Endlich vom Grabe:

> „Ein Grabscheit und ein Spaten wohl
> Sammt einem Kittel aus Lein,
> Und o eine Grube gar tief und hohl
> Für solchen Gaft muß fein!"

So zieht das menschliche Leben an uns vorüber. Er fingt über dem Grabe, während er Schädel auf= wirft: er scherzt und lacht mit seinem Kameraden über den Schreckbildern der Verwefung. Denn der Geist ift erhaben über alles Vergängliche; er fühlt fich ficher vor dem Grabe; er scherzt mit dem Tode und treibt mit den Leichenknochen fein Spiel wie mit Klöppeln: nur von leifem Wehmuthsgefühle wird die Bruft am Ende beschlichen.

Hamlet führt die Reflexion über Tod und Grab in diefer letzten, elegischen Stimmung geistreich weiter, im Vorgefühle des eigenen Schicksals, nicht ohne grübelndes Denken, worüber Horatio trefflich be= merkt: „Die Dinge fo betrachten, heißt fie allzugenau betrachten."

An diefem Schädel fieht er einen Politiker, an jenem einen Hofmann, am dritten einen Rechtsgelehrten, deffen Kniffe nun ftille ftehen; am vierten einen Befitzer großer Ländereien, der nun mit fo engem Raume fich begnügen muß.

Als ihm der Todtengräber den Schädel des Hofnarren
Yorik zeigt, nimmt er ihn in die Hand und spricht:
„Ach armer Yorik! — Ich kannte ihn, Horatio; ein
Bursch von unendlichem Humor, voll von den herrlichsten
Einfällen. Er hat mich tausendmal auf den Rücken
getragen, und jetzt, — wie schaudert meiner Ein=
bildungskraft davor! Mir wird ganz übel! —
Hier hingen diese Lippen, die ich geküßt habe, ich weiß
nicht wie oft. Wo sind nun deine Schwänke, deine
Sprünge? deine Lieder, deine Blitze von Lustigkeit, wobei
die ganze Tafel in Lachen ausbrach?" — Hamlet blickt
mit diesen Todesgedanken in die große Welt um. Auch
Alexander und Cäsar nahmen ein solches Ende, und ihr
Staub diente vielleicht zur Verstopfung eines Spundloches.

Nicht umsonst schaudert der Prinz bei diesen Be=
trachtungen. Es sind die vorausgehenden Schauer
seines eigenen Todes.

„Wessen Grab ist dieses, heda?" rief er den Todten=
gräber an. Doch dieser singt den Refrain seines Liedes:
„Und o eine Grube gar tief und hohl
      Für solchen Gast muß sein!"
Dieser Gast ist Hamlet, der mit Horatio eben
herangekommen war.

Ungemein sinnig wird ein Blick auf Hamlets Geburt
zurückgeworfen, um von ihr aus die Linie bis
zu seinem Tode zu ziehen. Der Todtengräber begann
sein Geschäft am Tage, wo der alte Hamlet den alten
Fortinbras erschlug und der Prinz Hamlet geboren wurde.
Es sind nun 30 Jahre.

Ein griechischer Tragiker hätte der Scene des
schrecklichen Unterganges einen großartigen Chor=
gesang über menschliche Hinfälligkeit, über irdische
Vergänglichkeit vorausgeschickt oder nachgesendet; der
romantische Dichter bringt in verschiedener Weise dieselbe
Wirkung hervor, nicht lyrisch, sondern dramatisch, nicht
ideal, sondern real (sit venia verbo), uns die Sache
selbst, wie ekel sie sei, vorhaltend, aber dennoch den
Geist über die Verwesung erhebend.

Den Reigen des Todes eröffnet Opheliens Leichenzug.
Laertes, der König, die Königin folgen der Bahre. Der
Priester, nicht das Gefühl des Menschenherzens, nicht
den Sinn der Verordnung beachtend, versagt wider=
rechtlich die kirchlichen Gebete; nur Friedhof, Geläute,
Kranz und Blumen sind gestattet.

Laertes ruft:

„Ich sag' dir, harter Priester,
Ein Engel am Thron wird meine Schwester sein,
Derweil du heulend liegst."

Die Königin streut Blumen auf das Grab. Süße
Akkorde klingen leise an das Herz, und des Gefühles
heimliche Stimme lispelt: „Sie ruht im Frieden."
Um diesen über allen Zweifel erhabenen Frieden Ophe=
liens desto fühlbarer zu machen, setzte der Dichter die
Härte des Priesters gegenüber. Nicht eine äußere Funk=
tion braucht ihre Ruhe und Seligkeit zu verbürgen, das
Herz verbürgt sie. — (Die Kasuistik wolle sich
an der Dichtung nicht ärgern!)

Laertes steigt in das Grab, um die Schwester zum

leztenmale zu umarmen. Vom Affekte hingerissen ruft
er aus:

> „Nun häuft den Staub auf Lebende und Todte,
> Bis ihr die Fläche habt zum Berg gemacht —"

Da tritt Hamlet hervor, der sich zurückgezogen
hatte:

> „Wer ist der, dessen Gram
> So voll Emphase tönt?"

Er springt in das Grab: sie ringen in demselben,
bis man sie gewaltsam trennt. Hamlet ist ergrimmt,
daß ein Schmerz größer sein will, als der seine. Welch'
ein Kontrast des streitsüchtigen, sich rastlos befeindenden
Lebens gegen die Stille und den Frieden des Todes!
Sogar im Grabe noch kämpft das Leben fort, und nichts
bringt es zur Ruhe, als erst der Tod selber. Und
diese Ruhe werden auch beide junge Männer in Bälde
finden: sie kämpfen und ringen sich beide in
das Grab hinein. Dieß ist das Vorspiel!

In der zweiten Scene erzählt Hamlet dem Horatio,
der die Rettung des Prinzen durch die Seeräuber schon
kennt, nun auch noch die Art und Weise, wie er den
Rosenkranz und Güldenstern auf dem Schiffe
überlistete. Schon am Ende des dritten Aktes sprach
Hamlet zur Mutter:

> „Ich muß nach England; wißt Ihr's?
> Man siegelt Briefe; meine Schulgesellen,
> Die Beiden, denen ich wie Nattern traue,
> Sie bringen die Bestellung hin; sie müssen
> Den Weg mir bahnen und zur Schurkerei

Herolden gleich mich führen. Sei es drum!
Der Spaß ist, wenn mit seinem eignen Pulver,
Der Feuerwerker auffliegt; und mich trügt
Die Rechnung, wenn ich nicht ein Klafter tiefer
Als ihre Mienen grab' und sprenge sie
Bis an den Mond. O, es ist gar zu schön,
Wenn so zwei Listen sich entgegen gehn!" —

Worin bestand nun die Ueberlistung? Bloß darin,
daß Hamlet die Depesche entrückte und eine falsche unter=
schob, oder zugleich in der Bestellung der rettenden
Piraten? Am nächsten Tage nach dem Abtausche der
Depesche fand der Kampf mit den Piraten statt. Hätte
nun Hamlet diese bestellt, so wäre ja die Depeschen=
fälschung überflüssig und thöricht gewesen. An der
Ankunft der Piraten hatte daher der Prinz durchaus
keinen Antheil. Durch eine thatkräftige Vorkehrung
dieser Art wäre er ja auch aus dem Charakter
gefallen.

An die Erledigung dieser Frage knüpft sich sofort
eine andere: war also die Rettung und Zurückführung
Hamlets durch die Seeräuber ein bloßes Werk des
blinden Zufalls, oder eine Offenbarung der
Vorsehung, die das Einzelne leitet, wie das Ganze?
— Gervinus entscheidet sich ohne genauere Erörterung
unbedenklich für den bloßen Zufall. Hamlet selbst
spricht sich für die Anerkennung der Vorsehung aus.
          „Laßt uns einsehen,
Daß Unbesonnenheit uns manchmal dient,
Wenn tiefe Plane scheitern; und das lehr' uns,

Daß eine Gottheit unsre Zwecke formt,
Wie wir sie auch entwerfen".

Hamlet sieht nämlich seinen „raschen Muth," die Depesche zu stehlen und durch eine falsche zu ersetzen, nachgerade für eine Unbesonnenheit an: aber aus dem Zusammentreffen und dem Resultate so vieler anscheinender Zufälle ahnt und erkennt er eine höhere Fügung, und nennt daher seine Rückkehr eine „wunderbare." Ist nun Hamlets Ansicht hierüber zugleich die Idee des Dichters? Ich behaupte es ohne Zaghaftigkeit vor der Auktorität des Gervinus. Meine Gründe sind hauptsächlich folgende:

Zuvörderst einmal: — was wäre das für eine tragische Poesie, den blinden Zufall zum Motiv der wichtigsten Wendung, des entscheidenden Ausschlags zu machen?

Zweitens: die Zufälle treffen in so überraschender, außerordentlicher Weise zusammen, daß ihr Komplex vor jeder unbefangenen Auffassung nothwendig in das Rationelle umschlägt und zum Anzeichen höherer Weltregierung sich steigert. Will ein Dichter Zufälle dichten, so darf und kann er eine solche Zusammenstellung, ein solches Zusammenwirken von Umständen durchaus nicht wagen.

Drittens: diese Tragödie liebt es insbesondere, ihre Intentionen durch Aussprüche der handelnden Individuen kundzugeben; die Aeußerung Hamlets ist auch eine so hehre, daß sie nicht wohl als eine illusorische angesehen werden kann; um so weniger, da unmittelbar darauf der Dichter auch die Motivirung für den Untergang der beiden Höflinge durch Hamlets Worte ausspricht.

Wie Gervinus diese beiden treulosen Freunde, diese egoistischen Wichte — für unschuldige Opfer Hamlets erklären konnte, wird mir immerdar unklar bleiben. Wenn er aber für diese unbegreifliche Kritik das Urtheil des Horatio in die Wagschale legt, so kann ich über eine solche Beweisführung nur staunen: denn Horatio stimmt ja offenbar dem Prinzen bei und ruft bewundernd aus: „Welch ein König!"

Viertens endlich werde ich noch bei der allgemeinen Umschau nachweisen, wie diese anscheinend undramatische, providentielle Motivirung mit der ganzen Anlage unserer Tragödie harmonirt.

Es erübrigt sich nun in Ansehung dieser Unterredung zwischen Hamlet und Horatio noch die Untersuchung, warum denn die Erzählung von der Ueberlistung des Güldenstern und Rosenkranz erst h i e r i h r e S t e l l e f i n d e t?

Zunächst einmal sehen wir in dem Momente, wo des Todes Herrschaft offenbar werden soll, auch die beiden Hofherren dem Tode entgegenziehen.

Doch weit mehr, als um diese, handelt es sich um Hamlet selbst. Wenn auch Rosenkranz und Güldenstern durch eigene Zudringlichkeit und Schuld ihren Untergang finden, so muß doch Hamlets niedrige List, blutdürstige Rachsucht und meuchlerische Nachstellung als der schwärzeste Schatten auf seinen Charakter fallen. Es ist geeignet und weise, daß uns der Dichter seinen Helden von dieser Seite gerade jetzt zeigt, — in den letzten Augenblicken vor dessen eigenem Untergange.

Zudem schürzt sich in dieser Unterredung der Knoten noch straffer: denn Hamlet zeigt dem Freunde den schriftlichen Beweis von dem Mordplane des Königs; mit der Nachricht von England muß auch die Entscheidung eintreten zwischen Klaudius und Hamlet; Zögerung und Aufschub sind nicht mehr möglich; Hamlet fühlt es, daß er vor dem Endziele angekommen.

Da naht nun der Herold, der zum Tode ruft, der Hofherr Osrick. Er meldet die Wette des Königs mit Laertes. Hamlet nimmt, umsonst von Ahnungen und vom Freunde gewarnt, aus Stolz und Eifersucht die Einladung zum Wettkampfe an.

Der König, die Königin, Laertes und andere Hof=herren nahen.

Hamlet entschuldigt vor Laertes die zugefügte Be=leidigung mit seiner Gemüthskrankheit, mit seiner Melan=cholie. Laertes begnügt sich vor der Hand mit dieser Erklärung, beruft sich aber noch auf den Spruch eines Ehrengerichtes.

Beide erhalten jetzt die Rappiere. Sie fechten. Laertes läßt ihm absichtlich in zwei Gängen den Sieg. Die Königin ergreift den Becher, in welchen der König, seinem Vorgeben gemäß, eine Perle geworfen: sie trinkt auf des Sohnes Wohl, fruchtlos vom Gemahle abgemahnt. Jetzt erst macht Laertes Ernst. Er verwundet den Hamlet. In der Hitze des Gefechtes verwickeln sie die Griffe, und in der Hast des Loswindens verwechseln sie die Rappiere. Laertes wird verwundet und erkennt sogleich sein Schicksal.

Der Königin wird unwohl. „Der Trank! der Trank! Ich bin vergiftet!" Sie stirbt.

Laertes sinkt zu Boden; er entdeckt die Vergiftung des Degens und den zweifachen Mordplan des Königs. Hamlet ersticht mit der vergifteten Klinge den König.

Laertes versöhnt sich noch mit Hamlet und stirbt. — Horatio greift nach dem Giftbecher, um mit dem Freunde Hamlet zu sterben. Doch dieser beschwört ihn, am Leben zu bleiben, um die Geheimnisse zu enthüllen und seine Ehre zu retten.

Musik und Geschütz verkündigen die siegreiche Rückkehr des Fortinbras.

Hamlet gibt diesem die Stimme für die Königswahl und stirbt.

Fortinbras tritt auf und ruft:

„O stolzer Tod,
Welch' Fest geht vor in deiner ew'gen Zelle,
Daß du auf Einen Schlag so viele Fürsten
So blutig traffst!"

Gesandte aus England melden die erfolgte Hinrichtung des Rosenkranz und Güldenstern. Da sehen wir nun die Bedeutung des Friedhofes erfüllt: die Scene des Todes und der irdischen Hinfälligkeit! Eine königliche Dynastie und ein vornehmes Geschlecht plötzlich ausgerottet und in den Staub geworfen! Horatio fordert eine Versammlung, um die grauenvollen Geheimnisse aufzudecken. Auch soll, um jeder Unruhe vorzubeugen, sogleich zur Königswahl geschritten werden. Fortinbras erhebt alte Ansprüche auf den Thron. Er hat für die Wahl das Wort des sterbenden Hamlet. Die Entscheidung ist jedem Zweifel schon enthoben. — Norwegische Krieger tragen die Leichen von der Stelle, unter wehmuthsvollem Todtenmarsch und erschütterndem Donner des Geschützes.

In diese Laute verhallt die Tragödie.

Der fünfte Akt ist vom Ende des vierten nur durch einen Tag getrennt. Denn Hamlet kündigt sich beim Könige auf den nächsten Tag an. Von seiner Abreise bis zu seinem Wiedererscheinen verfließen also vier Tage. Und in diesem Zeitraume von vier Tagen macht Fortinbras mit seinem Heere den Zug von Helsingör nach Polen, vollendet siegreich den Krieg und kömmt schon wieder nach Helsingör zurück. Des Aeschylus Agamemnon thut es unserm Helden noch zuvor, indem Feuersignale die eben vollbrachte Eroberung Ilions zu Argos ankündigen und einige Augenblicke darauf schon der heimkehrende Agamemnon erscheint. „Die Poeten bindet keine Zeit!"

Der fünfte Akt hat nur zwei Scenen; die erste ist das Vorspiel zur zweiten; dort waltet das Wort vor, hier die Handlung. Nirgends ist diese Tragödie skizzenartiger, als am Ende. Das Interesse ruht hier auf der Entscheidung. Das Gewölk hatte sich lange genug zusammengezogen und dicht geballt: der Blitzschlag entladet sich nun plötzlich.

Siebenter Brief.

Sie exequiren mich um die „Uebersicht," und
wundern sich über meine Zögerung, da doch nur das
schon Fertige auszusprechen sei. Mein verehrter Freund,
es ist allerdings wahr, daß meine Auffassung der Tragödie
Hamlet ihre schwer abzuändernde Bestimmtheiten erlangt
hat: aber zwischen dem, was man im Innern trägt,
und dem, was äußerlich darzulegen ist, war in meinen
bisherigen Versuchen über unsern Gegenstand noch nie
eine so weite Kluft, als eben jetzt, wo die Rundschau
eröffnet werden soll. — „Und warum denn?" werden
Sie mich fragen. Sie äußern in Ihrem werthen Briefchen,
nichts sei ja leichter und angenehmer und lohnender,
als, nach dem mühesamen Anstiege, vom Gipfel des
Berges aus die ganze Gegend zu überschauen. Ganz
richtig. Aber die Rundschau vom Berge aus wiederholt
die schon gehabten Theilansichten, vervollständigt sie durch
neue, und genießt mühelos von Einem Punkte aus das
große Ganze. Sie bemessen jetzt schon den Unterschied
meiner Rundschau. Das Gesagte darf ich nicht wieder
sagen: das noch zu Besprechende muß herausgesucht
werden; das Bruchstück soll ich durch ein Bruchstück
ergänzen und ein solches Flickwerk soll eine Gesammt=
darstellung des unzertrennlichen Kunstwerkes
sein! — Entschuldigen Sie jetzt meine Zögerung? —
Plato schmähte die Schriftstellerei gegenüber dem lebendigen
Worte; aber auch das lebendige Wort ist an sich nur
eine Stümperei; es löst das innere Bild zerstörend in

seine Züge auseinander: und es wäre bei allem Schreiben und Sprechen zum Verzweifeln, wenn nicht die zertrennten Linien wieder sich sammelten — im Brennpunkte des Geistes, der da liest oder horcht. — Und so will ich denn getröstet an ein neues Stückwerk schreiten, in der Zuversicht, daß Ihr Inneres nicht nur meine Fragmente einigen, sondern auch die Lücken dessen, was ich als ein Ganzes vorstellig zu machen wünsche, ausfüllen wird. — Aber wo nun beginnen? — Wo anders, als wieder beim Anfange — aber nicht mehr beim Anfange des Details, sondern bei dem der Hauptsache. —

Der Anfang der Hauptsache, die erste Grundlage der ganzen dramatischen Handlung ist aber die Voraussetzung, daß Klaudius seinen Bruder den König Hamlet meuchlings ermordet hat, um dessen Frau und Thron an sich zu reißen.

Sie erinnern sich an das Aehnliche der nordischen Sage bei Saro Grammatikus. Dort heißt der Thäter Fengo und er verhüllt die That nicht, sondern bemäntelt sie nur mit dem verschönenden Vorwande, er habe den König, seinen Bruder, getödtet, um die Königin von ihm zu befreien. Fengo erreichte sein Ziel.

Aber Shakespeare konnte nie und nimmer vor seinem Publikum und vor seinem Zeitalter und am wenigsten vor sich selbst — den Brudermord als Etwas gelten lassen, das noch, unter was immer für einem schillernden Schein, an das Tageslicht auch nur hervor zu kriechen wagen dürfte. Je reifer der sittliche Geist des Zeitalters inzwischen geworden ist, desto tiefer muß sich vor dem Verdammungsblicke deſſelben der Brudermord verbergen. Aber wenn auch dieſer Brudermord sich in die dunkelſten Schluchten der Erde hinabgeſchlichen hätte, derselbe sittliche Geist erklärt es als unumgänglich nothwendig, daß die Gräuel- that an das Tageslicht hervorgezogen und nach Gebühr bestraft werde.

„Schnöde Thaten,

Birgt sie die Erd' auch, müssen sich verrathen,

Die sogenannte poetische Gerechtigkeit ist eine intereſſante Eigenthümlichkeit der menſchlichen Denkungsart. Die Wirklichkeit des empiriſchen Lebens begnügt sich bei Unzähligen mit jenen unmittelbaren und inner- lichen Beſtrafungen des Böſen, welche Seneca im 97. Briefe so schön beſchreibt: „Prima et maxima pec- cantium est poena peccasse: nec ullum scelus, licet illud fortuna exornet muneribus suis, licet tueatur et vindicet, impunitum est: Quoniam sceleris in scelere supplicum est. Sed nihilominus et haec et illa secundae poenae premunt ac sequuntur: timere semper et expavescere et securitati diffidere.“ („Die erste und größte Strafe der Fehlenden ist dieß, gefehlt zu haben: und keine Schlechtigkeit, obgleich das Glück sie mit seinen Gaben ausschmückt, obgleich es sie beschützt und aufrecht hält, bleibt strafloß: deshalb, weil die Züchtigung des Schlechten im Schlechten selbst liegt. Aber nichts desto weniger drängt und folgt dieses und jenes als zweite Strafe: ein immerwährendes Fürchten und Aufschauern und Mißtrauen auf Sicherheit.")

In einem solchen Zustande befindet sich auch Klaudius. Die Frevelthat geschah vor keinem andern Menschenauge, als vor dem des Thäters. Ein angeblicher Otterbiß lenkt jeden Verdacht ab. Der Mörder wird von Huldigung umgeben; er sitzt neben dem verführten Weibe auf dem Throne: er hat seinen Zweck vollständig erreicht: **das Verbrechen triumphirt.** — Doch der Triumph ist kein ungetrübter; in den süßen Trank des äußern Glückes mischen sich vergällende Tropfen. Der gekrönte Mörder verräth durch Vieles seine innere Unsicherheit und Unruhe: durch die angestrengten Vorkehrungen gegen Fortinbras und die Mißvergnügten; durch die Floskelsprache vor den Großen; durch die Schmeichelei vor Polonius und Laertes; durch die Furcht vor Hamlet; durch das Entsetzen des bösen Gewissens vor dem Spiegelbilde der That; durch die qualvoll stöhnenden Klagen aus seiner vulkanischen Brust, worin eine Hölle brennt. Ist Klaudius nicht dadurch schon bestraft und zwar **genug bestraft?**

Die **poetische Gerechtigkeit** ist strenger als die des römischen Stoikers. Sie gleicht jenem Glauben der Religion, welcher für wahr hält, daß die göttliche Gerechtigkeit jenseits das Verborgenste an's Licht zieht und den Zustand in die genaueste Angemessenheit zum Verdienste bringt. Was die religiös-sittliche Weltanschauung vom Jenseits erwartet, heischt die Kunst schon **dießseits.** Denn jedes echte Kunstwerk ist ein möglichst in sich vollendeter und abgeschlossener Mikrokosmus: die Gerechtigkeit, welche nach der Lehre des

Glaubens in der großen Welt herrscht, muß nach dem Wesen der Poesie schon in der kleinen Welt erscheinen. Beiderseits ist es die Idee, welche Idealität will, d. h. nicht bloß sich selbst, und nicht blos ihre reinste, gegensatzlose Erscheinung, sondern auch ihren vollständigen Sieg über das Ideewidrige. Der ideelle Geist fühlt sich nur wohl und wonnig im Ideellen, und er triumphirt mit beim Triumphe des Göttlichen. — Von diesem Hochsinne der Kunst sind alle wahrhaften Kunstwerke durchdrungen — ein jedes in seiner Art: die Frösche und Vögel des Aristophanes wie die Eumeniden des Aeschylus und der Oedip des Sophokles. Und wahrlich Shakspeare bleibt bei all' seiner drastischen Realität an Idealität nirgends zurück. Seine Tragödien sind vorüberziehende, schauerlich schöne Bilder des göttlichen Weltgerichtes; aber seinen Hamlet nenne ich des Dichters tragische Theodicee!

Nein, nicht genug bestraft mit bloßer Gewissensfolter und innerer Qual erscheint der Brudermörder dem ernsten Tragiker. Wie viel auch Klaudius leidet, er zieht den Besitz seines faulen, bittern Glückes dem milden Frieden der Tugend vor; er verweigert mit berechnender Besonnen= heit die Verzichtleistung auf seine unberechtigten Güter; er will sich in diesem Zustande behaupten und seine Klugheit wagt es, die geheimniß= voll waltende Gerechtigkeit zum Kampfe her= auszufodern.

Die Andauer eines solchen Wahnes und Schein= glückes duldet der Geist nicht. Der Sieg der Gottheit

offenbart sich. — Der Dichter hat sich die Durchfüh=
rung dieses Sieges so viel als möglich erschwert.
Er hat die befremdende und abstoßende Selbstangabe des
Brudermordes in der nordischen Sage mit poetischer
Kühnheit gerade in das alleräußerste Gegentheil umgekehrt
— in eine Verborgenheit, welche unburch=
bringlich scheinen muß.

Je größer die Wahrscheinlichkeit ist, daß sich das
Laster behauptet, desto großartiger ist der Ausweis der
göttlichen Gerechtigkeit, denn diese muß siegen; der
Sieg des Göttlichen ist so nothwendig, als die Existenz
Gottes selbst.

> „Schnöde Thaten,
> Birgt sie die Erd' auch, müssen sich ver=
> rathen,“

Eher geschieht das physisch Unmögliche, als daß
unterbleiben könnte, was geistig nothwendig ist.

Also ein Wunder?

Allerdings; die Grundlage der ganzen Handlung
macht das Wunder nothwendig; wenn die gerechte Ver=
geltung eintreten muß, aber der Voraussetzung gemäß
durch natürliche Mittel nicht eintreten kann: so bleibt
nichts Anderes übrig, als ein höheres Einschreiten, welches
außer dem uns bekannten Kausal=Nexus und Weltlaufe
liegt, und daher übernatürlich ist, wie die gött=
liche Gerechtigkeit selbst.

Ich sehe das Funkeln ihrer Augen und das Zucken
ihrer Lippen; die Arzneiwissenschaft weiß wohl, daß die
Gräber sich füllen, aber sie glaubt nicht, daß ein Grab

auch wieder sich öffnet, und nachdem ich als Aesthetiker den Boden der Idee betreten habe und von diesem Standpunkte aus den Sieg der Gerechtigkeit foderte: verlangen Sie auf derselben Basis auch Anerkennung des unabänderlichen Naturgesezes; Sie erklären das Wunder als etwas Unmögliches, Unwahres, Geistwidriges: und wenn eine Dichtung der Idee nicht widersprechen dürfe, so dürfe sie nothwendiger Weise in vollem Ernste auch kein Wunder enthalten. Diese ganze Kette von Folgerungen überläuft bei Ihnen nur noch ein kaustisches Blitzen von Sarkasmen gegen Ideologie, Supernaturalismus u. dgl.

Ohne Zweifel schlossen Sie Sich also in der ästhetischen Würdigung des Wunders dem naturalistischen Gervinus an, welcher in der That nicht einmal innerhalb der Dichtung ein wirkliches Wunder zu ertragen vermag, und deßhalb eine jede derartige Erscheinung bei einem hellen Kopfe, wie Shakespeare, nur als die künstlerische Darstellung einer subjektiven Selbsttäuschung ansieht und anzusehen gebietet.

Da Sie das Werk längst nicht mehr bei Handen haben, so schreibe ich Ihnen einige einschlägige Aeußerungen und Behauptungen des wunderscheuen Kritikers hieher, damit Sie desto genauer Ihre Ansicht mit der des Gervinus vergleichen können. Das Unumwundenste kommt in der Erklärung der Tragödie Makbeth vor, z. B.: „Wie im Hamlet der Geist seines Vaters, oder was dasselbe ist, die innere Ahnung, die in

dem Sohne mehr und mehr zur greifbaren
Gewißheit wird, einen trägen Willen aufrüttelt, so
versuchen im Makbeth die Heren, oder die Vorspiegelungen
seines Ehrgeizes einen allezeit thatbereiten Willen und einen
bis dahin reinen Charakter." III. B. S. 317. 318. —
„Daß sie Geister sehen, ist bei Hamlet wie bei Makbeth
das stärkste Kennzeichen der Gewalt ihrer
einbildsamen Kräfte. Wir werden es unseren
Lesern, die wir uns mehr und mehr in den
Geist unseres Dichters eingewöhnt denken,
kaum noch zu sagen brauchen, daß seine Geisterwelt nichts bedeutet, als die sichtbare Ver-
körperung der Vorspiegelungen einer leb-
haften Phantasie und daß ihre Erscheinung
nur bei solchen Menschen statt hat, in denen
diese reizbare Einbildungskraft vorhanden
ist. Die nüchterne Gertrude sieht nicht den
Geist des Hamlet" u. s. w. III. 313. 314. Eben
daselbst erlediget Gervinus mit einer flüchtigen Anmerkung
nachträglich eine in der Abhandlung über die Tragödie
Hamlet selbst ganz unberührt gebliebene Frage, an
welche ich so große Mühe verschwendete: die Anmerkung
lautet: „Darum bedachte sich Shakespeare nicht, im
Hamlet die scheinbare Inkonsequenz zu begehen, daß er
den Mann, dem der Geist erschienen ist, sagen läßt,
es käme aus der jenseitigen Welt kein Wanderer zurück."
(S. 314.) Wie die scheinbare Inkonsequenz in dem
berühmten Monologe trotz der Objektivität des
Gespenstes ihre Aufklärung bekömmt, glaube ich in einem

meiner frühern Briefe, wenn ich nicht irre, im vierten,
umständlich nachgewiesen zu haben, und einige Beleuch=
tung wird auch noch die nachfolgende Entwickelung des
Hamlet'schen Charakters auf diesen Gegenstand werfen.
Wegen jener scheinbaren Inkonsequenz durfte also Ger=
vinus keineswegs die Erscheinung des gemordeten Königs
als eine bloße psychische Täuschung erklären, sondern
der subjektive Zweifel an der Objektivität der
Thatsache, im Momente bis zum Unglauben gesteigert,
genügte vollkommen zur Lösung des Räthsels. Wenn
aber Gervinus die Behauptung, bei Shakespeare seien
alle Erscheinungen jenseitiger Geister bloß subjektive
Phantome der dramatischen Individuen, als ein
unbestreitbares Axiom für die Auffassung und
Erklärung dieses Dichters aufstellt: so finde ich mich
wieder, bei allem Respecte vor der Gelehrsamkeit des
Herrn Gervinus, geradezu gezwungen, ihm zu wider=
sprechen. Nur das rationalistische Vorurtheil,
ein Wunder sei eine platte Vernunftwidrigkeit
und daher bei dem vernünftigen Shakespeare eine
Unmöglichkeit, konnte den Erklärer blind machen,
gegenüber dem Evidenten. Ich habe im zweiten
Briefe die Beweise der Dichtung für die Wirk=
lichkeit des erscheinenden Geistes hervorgehoben
und die Objektivität dieses Geistes wurde vom
Dichter mit dem möglichsten Nachdrucke als die
zweite Grundlage der Handlung dargestellt. Nicht bloß
„die einbildsame Kraft" Hamlets sieht diesen Geist,
sondern zwei beherzte, innerlich ruhige Kriegsmänner

und selbst der skeptische, wissenschaftliche Horatio über=
zeugten sich schon früher von der Existenz des geheim=
nißvollen Nachtwandlers. Nur eine gewaltsame Aus=
legung kann bei einer solchen Komposition die Absicht
des Dichters, die Erscheinung des Geistes als eine
wirkliche, objektive zu beglaubigen, in Abrede stellen.

Wäre der Geist nur ein Spuck der Einbildungskraft,
so müßte er, kraft psychischer Gesetze, vorzugsweise dem
Brudermörder erscheinen. Daß aber weder Klaudius
noch Gertrude den Geist sehen, hat seinen Grund keineswegs
in ihrer „Nüchternheit," sondern lediglich in dem
Umstande, daß der Geist zur Aufdeckung des
sonst unentdeckbaren Verbrechens erscheint,
und eben deshalb nur bei jenen Personen, welche zum
Einschreiten mehr oder minder berufen sind, also besonders
bei Hamlet und Horatio. Hätte Shakespeare über=
haupt den Grundsatz des prosaischen Rationalismus seiner
Dichtung untergestellt, daß alle Wunder=Erscheinungen
nur scheinbare seien und von jedem Verständigen
leicht auf die natürlichen Ursachen zurückgeführt werden
können: so mußte er einen Weg einschlagen, etwa wie
Göthe am Ende der Wahlverwandtschaften mit
den Wundern bei Ottiliens Leichnam (B. 15. S. 307
u. s. w.) — Aber die Art und Weise, wie Shakespeare
namentlich die Erscheinung des getödteten Hamlet dichtete,
ist mit jenem rationalistischen Grundsatze geradezu
unvereinbar, und darf daher auch nicht durch die
Brille desselben betrachtet werden. Der Dichter verwahrt
sich ausdrücklich dagegen!

„Es gibt mehr Ding' im Himmel und auf
Erden,
Als eure Schulweisheit sich träumen
läßt, Horatio."

Der Geist, der da erscheint, ist also nach der
Intention der Dichtung der wirkliche, persönliche
Geist des ermordeten Königs Hamlet; bloß der Leib
und die Rüstung sind Blendwerk. Die Berechtigung
zu einer solchen Dichtung bot die Ahnung aller Völker
von einem Hereinragen der Geisterwelt in unsere Sphäre;
die über alle Länder und durch alle Jahrhunderte ver-
breitete Tradition vom Erscheinen Dahingeschiedener; und
wohl auch die Zuversicht, daß kein Philosoph der Welt
im Stande ist, die absolute Unmöglichkeit einer
solchen Thatsache zu beweisen. Das Motiv aber, warum
Shakespeare von diesem poetischen Rechte hier Gebrauch
macht, ist nicht eine bloße Effektschraube oder Zierblume;
sondern das Motiv zu dieser objektiven Geisteserscheinung liegt, wie gezeigt wurde, objektiv in
der Grundlage der ganzen Handlung. — Aber
während ich mich für die Realität eines Gespenstes ereifere,
hallen vom nahen Thurme die zwölf dumpfen Schläge
der Mitternacht; die Kerze ist herabgebrannt und das Licht
beginnt zu verflackern. Kümmerlich sehe ich noch so viel,
die Schlußworte niederzuschreiben: ein unheimliches Dunkel
überrascht mich: es wird so schaurig, als wollten auch
mir die Geister erscheinen. Nur heran, Geister! Nur
heran! Aber Alles bleibt still und stumm. Gute Nacht,
werther Freund! Gute Nacht!

Achter Brief.

Daß Shakespeare im Hamlet einen reellen Geist erscheinen läßt, glaube ich im letzten Briefe nachgewiesen
und gerechtfertiget zu haben. Aber ist eine Schwierigkeit bei Seite gebracht, so stellt sich eine noch weit
größere entgegen.

Der Geist, welcher erscheint, gehört ausdrücklich dem
Fegefeuer an.

„Ich bin deines Vaters Geist,
Verdammt auf eine Zeitlang, Nachts zu
wandern,
Und Tags gebannt, zu fasten in der Gluth,
Bis die Verbrechen meiner Zeitlichkeit
Hinweggeläutert sind.“ (I. A. 5. Sc.)

Es ist allbekannt, daß die anglikanische Kirche in
ihren 39 wie in ihren 42 Artikeln das Fegefeuer verwirft und den Glauben daran verpönt. Wie kann
nun ein dramatischer Dichter seinem Publikum von
der Bühne aus ein so kühnes Widerspiel seines
Dogma vor Augen stellen? —

Wilhelm v. Schütz hat schon 1841 in der Sion
(Nr. 110) die Behauptung ausgesprochen, Shakespeare,
ein geborener Katholik, habe, zwar ohne erweisbaren
Abfall von der Kirche, jedoch nach mannigfaltigen Ver-
irrungen des Denkens und Handelns, sich wieder der
Wahrheit und Tugend zugewendet: in dieser Zeit des innern
Umschwunges habe er als Symbol der Beschwichtigung
seiner Leidenschaft den „Sturm“ gedichtet; zum Aus-

drucke seiner Selbsttröstung habe er „Ende gut Alles
gut" geschrieben, und endlich im „Hamlet" habe er die
Hohlheit des Protestantismus und die im-
posante Großheit des Katholizismus dargestellt.
Herr v. Schütz versprach diese Gedanken in einem eigenen
Werke umständlich zu erörtern: doch ich habe von demselben keine nähere Kenntniß bekommen. Selbst Ulrici
hatte es nie in Händen, obgleich er sich (I. S. 223—227)
eine große Mühe gibt, jeden Zusammenhang des
großen Dichters mit der katholischen Kirche zu
widerlegen, besonders da selbst Collier (Life of
Sh.) den Vater des Dichters für einen Katholiken zu
halten geneigt ist. Ich lasse mich in die geschichtliche
Erörterung dieser Streitfrage hier nicht ein; aber es bleibt
mir eine gänzliche Unmöglichkeit, dem Dichter von der
Bühne aus einen öffentlichen Angriff auf die
anglikanische Kirche zuzumuthen. Man bedenke,
daß Elisabeth († 1603) mit Geld und Leibesstrafen,
mit Aufhängen und sogar mit Bauchaufschlitzen gegen
die Katholiken verfuhr; daß im Jahre 1603, in welchem
die Tragödie Hamlet gedruckt erschien, König Jakob I.
durch ein Edikt alle katholische Priester aus dem Reiche
verbannte, und daß im Jahre 1605 die Pulverver-
schwörung die Feindseligkeit der Bevölkerung gegen den
Katholizismus zur Wuth steigerte. Und in solchen Zeiten soll
eine Apologie des Katholizismus, ein Anathema gegen den
Protestantismus vor dem anglikanischen Publikum, welches
zur Unterhaltung zusammenkömmt, auf der Bühne die Stirne
bieten? Unmöglich! Verständiger Weise gar nicht denkbar!

8 *

Ja, ich bin soweit entfernt, der Ansicht des Herrn v. Schütz beizutreten, daß ich vielmehr in eben dieser Dichtung einen sehr starken Beweis für das Gegentheil erblicke. Denn wäre die anglikanische Orthodoxie Shakespeare's auch nur im mindesten anrüchig gewesen, so durfte er sich nie und nimmer eine solche Freiheit erlauben. Es hat sich aber trotz des englischen Fanatismus um sein katholisches Gespenst so wenig gekümmert, daß er persönlich die Rolle des Geistes spielte. Er hat sich aber auch an seinem Publikum nicht getäuscht. Denn die Engländer haben niemals, wie Marcellus, mit der Hellebarde nach dem Geiste des Fegefeuers geschlagen, sondern mit schauriger Wonne betrachteten sie einst, wie heute, die nächtliche Wunder-Erscheinung. Bei alledem drängt sich aber noch immer die Frage auf: Wie konnte Shakespeare für ein Publikum, welches gegen das Dogma vom Fegefeuer wuthentbrannt war, eine solche Dichtung zu Papier und auf die Bühne bringen? —

Rechnete er darauf, seine Zuschauer und Leser werden so aufgeklärt sein, das Gespenst als Hirngespinst der Katholiken Bernardo und Marcellus, Horatio und Hamlet anzusehen? Verzeihen Sie, daß ich noch einmal auf diesen Gedanken zurückkommen mußte. Die Widerlegung der Behauptung will ich nicht mehr wiederholen. — Der Dichter hat einen poetisch wirklichen, nicht einen bloß eingebildeten Geist des Fegefeuers vorgeführt. Was bewog ihn dazu? Warum wagte er es? —

Die Grundlage der ganzen Handlung enthält die

Nothwendigkeit eines Wunders, und es eignet sich hiezu nichts besser, als die Erscheinung des gemordeten Königs.—

Wenn aber der Geist Hamlets erscheinen muß, so darf er weder aus der Hölle, noch aus dem Himmel kommen. Denn als Verdammter — würde er seine Aussage nicht zu beglaubigen vermögen; als Himmlischer — würde er kein Mitleid erwecken. Die Dichtung ist also auf einen Mittelweg angewiesen, und ein Geist des Fegefeuers entspricht auch vorzugsweise der herrschenden Sage von Geister-Erscheinungen und von ihrem nächtlichen Umwandeln. Auf diese Art, wie ich die Sache zu denken gezwungen bin, kam Shakespeare auf seine Vorstellung. Seine Dichtung bedurfte eines solchen Geistes aus dem Fegefeuer, und der Dichter gehorchte dem Gebote der Kunst: Er bemäntelte nichts, sondern er stellte den Geist mit drastischer Evidenz als einen dem Fegefeuer angehörigen dar. Furchtlos läßt er die katholische Klage aus seinem Munde ertönen:

> „So ward ich schlafend und durch Brudershand
> In meiner Sünden Blüthe hingerafft,
> Ohne Nachtmahl, ungebeichtet, ohne Oelung,
> Die Rechnung nicht geschlossen, in's Gericht
> Mit aller Schuld auf meinem Haupt gesandt.“
>
> (I. A. 5. Sc.)

Gerade durch diese katholische Haltung macht der Dichter die Region bemerkbar, aus welcher die Vorstellung eines solchen Geistes stammt und eine Art von Berechtigung mitbringt.

Aber wenn die katholische Vorstellung dem Publikum

ein Gräuel war und vermuthlich dem Dichter selbst eine
Thorheit?

Was das Publikum anbelangt, so war es jedenfalls
so billig, Prosa und Poesie, Wirklichkeit und Phantasie-
Welt zu unterscheiden: als Dichtung konnte derselbe
Geist entzücken, der als Dogma wild aufgeregt hätte.
— Künstlerisch wohnen selbst die Götter noch immer
auf Erden, welche religiös längst gestürzt und vernichtet
sind. —

Aber ist dieß nicht eine matte Schatten-Existenz?
Sind es nicht hohle Phantome, welche wie graue Nebel
über das Grün der frischen Gegenwart ziehen? Haben
diejenigen nicht vollkommen Recht, welche verlangen,
daß die Kunst aus dem Leben den Stoff schöpfe, und
nicht aus dem Tode?

Sie wissen wohl, wie weit diese Forderung aus-
gedehnt wird — nicht bloß auf die Zurückdrängung der
nordischen Götter und auf die Verbannung der Olympier,
sondern vorzugsweise auf die gesammte christliche Idealwelt und auf alle Kreise der kirchlichen Traditionen,
welche vom Zeitgeiste nicht mehr anerkannt werden.
Wie unbefangen und umfassend dachte dagegen der Gründer
der Kunstwissenschaft, Aristoteles! Erlauben Sie mir,
seine einfachen Worte, aber grandiosen Gedanken hieher
zu schreiben: „Da der Dichter nachahmender Darsteller
ist, gleich als wäre er Maler oder ein anderer Bildner,
so muß er nothwendig Eins von den Dreien nachahmend
darstellen: entweder was war oder ist (das Erfahrungs-
mäßige) oder was man sagt und glaubt (das Tra-

ditionelle außer dem Bereiche der Erfahrung): oder was
sein soll (das Ideale im engeren Sinne des Wortes)."

(Poetik, 5. K.)

Aus diesen drei Regionen nimmt also der Dichter,
wie der bildende Künstler, seinen Stoff. In Betreff des
Traditionellen bemerkt der heidnische Philosoph: wenn
Etwas in einer Dichtung weder nach der Wirklichkeit,
noch nach der Idealität sich rechtfertigen läßt, so ist
es (vielleicht) der Tradition gemäß, wie z. B.
das, was die Götter betrifft. Denn vielleicht ist
es weder ideal, so zu dichten, noch der Wahrheit
gemäß: allein es ist dabei der Fall, wie Xenophenes
sagt: „Das Gewisse hat noch Keiner geschaut."
Als das Entscheidende in solchen Dingen erklärt er eben
daselbst den Endzweck des jedesmaligen Kunstwerkes. Sie sehen nun leicht die Uebereinstimmung
zwischen Aristoteles und Shakespeare. Der englische Dichter
ließ sich die Traditionen, wenn sie auch mit Recht oder
Unrecht den wirklichen Glauben nicht mehr genossen,
durch die Machtsprüche der Prosa nicht entreißen; er zog
antiken und romantischen, heidnischen und christlichen
Wunder-Stoff heran, und verarbeitete ihn nach dem
jedesmaligen Endzwecke seines Kunstwerkes zu Scherz und
Ernst. Enthielten diese Gestalten aus der Gegenwart
keinen Lebensgeist mehr, so athmeten sie ihn ein aus dem
Leben seiner Kunst. Konnte der Dichter in dem Geiste
des Fegefeuers nicht mehr eine konfessionelle Wahrheit erblicken, so stellte er in ihm eine rein menschliche
dar. Denn wie nun immer dieser Geist nach der Intention

des Dichters nur als Phantom — nicht Hamlets, wohl
aber als Phantom der Poesie sich darstellen kann, so
ist er doch ein erschütterndes Symbol eben jener
Idee, welche die Grundlage dieser Tragödie
bildet: ein Symbol der Idee von der weltregierenden
höhern Gerechtigkeit: nur am alten Hamlet speciell
als solche erscheinend, welche auch den Besten noch
fehlerhaft findet und ihn einer strengen Läuterung unterwirft. Mit diesem Gedanken begeisterte
Shakespeare eine verpönte katholische Tradition, versetzte
durch seinen Geist die Zuschauer selbst in die Schauer
der Geisterwelt, und erhob durch seine muthvolle
Treue zum Schönen sich und sein Publikum wenigstens
ästhetisch über den Standpunkt der Konfession.

Obgleich übrigens der Dichter in dieser Tragödie von dem
katholischen Dogma und Kultus einen reichlichen Gebrauch
macht, so sind doch in dieser Dichtung manche Beziehungen
bemerkbar, die dem Katholizismus keine Ehre bringen. Die
eheliche Verbindung des Klaudius mit seiner Schwägerin,
zumal bei dieser scandalösen Uebereilung, setzt nothwendig
eine käufliche oder sonst unlöbliche Fügsamkeit der katholischen Hierarchen voraus: auch ihnen gelten die Worte:

"Wir haben also unf're weiland Schwester,
Jetzt unf're Königin, die hohe Witwe
Und Erbin dieses kriegerischen Staats . . .
Zur Eh' genommen: haben auch hierin
Nicht eurer bessern Weisheit widerstrebt,
Die frei uns beigestimmt." (I. A. 2. Sc.)

Daß aber der Dichter den versteckten Vorwurf nicht

bloß legte, mag nicht nur aus dem ästhetischen Grunde geschehen sein, weil ein solcher Angriff die Aufmerksamkeit vom Wesentlichen zu sehr abgelenkt hätte, sondern auch aus dem politischen, weil beim Rückblicke auf Heinrich VIII. eine derartige Polemik unpassend erscheinen mußte.

Auffallend hingegen, wenn auch noch nicht ausdrücklich, ist folgende Satyre. Ophelia liest bloß zum Scheine in einem Gebetbuche, und Polonius, der es so befohlen hatte, fühlt sich zum Geständnisse getrieben:

„Wir sind oft hierüber zu tadeln —
Gar viel erlebt man's — mit der Andacht
Mienen
Und frommem Wesen überzuckern
Wir den Teufel selbst." (III. A. 1. Sc.)

Die Anglikaner bezogen diese Worte ohne Zweifel weit lieber auf die vielgeschmähte Scheinheiligkeit der Katholiken, als auf sich selbst und auf die Menschen überhaupt. Der katholische Hof von Helsingör konnte zum Belege dienen — diese gleißnerische Ruhe und Tugendhaftigkeit über innerer Fäulniß; dieser Wust von Verbrechen; diese Zerrüttung und dieser Zerfall.

Gegen Ende treten katholische Priester auf der Bühne auf. Sie bekommen keine Komplimente.

Einem von ihnen ruft Laertes die Worte zu:

„Ich sag' dir, harter Priester,
Ein Engel am Thron' wird meine Schwester sein,
Derweil du heulend liegst." (V. A. 1. Sc.)

Vielleicht durchzuckt Sie hie und da ein Widerwille bei diesem Hineintragen des Konfessionellen in das Belle-

tristische. Doch ein Kunstwerk muß im Zusammenhange
mit dem Leben, aus dem es erwuchs, erforscht und erfaßt
werden. Nur dann leuchten die Dichtungen als Augen,
aus denen der Geist der Zeitalter wiederscheint. — Die
Berücksichtigung des Religiösen ist aber in dieser Tragödie
desto nothwendiger, je mächtiger diese ganze
Dichtung ein tiefer, religiöser Ernst durch=
bringt. Sie gleicht einem hehren Requiem mit einem
furchtbaren Dies irae.

Der Hintergrund ist nichts Geringeres, als die uner=
forschliche Ewigkeit mit ihren drei Regionen
der göttlichen Vergeltung.

> „Wär' mir's nicht untersagt,
> Das Inn're meines Kerkers zu enthüllen,
> So höb ich eine Kunde an, von der
> Das kleinste Wort die Seele dir zermalmte u. f. w.
> Doch diese Offenbarung faßt
> Kein Ohr von Fleisch und Blut" (I. A. 5. Sc.)

Die Bußmahnung des Propheten Isaias (I, 18)
tönt noch den Brudermörder einladend an, und er spricht
zu sich selbst:

> „Wozu dient
> Die Gnad', als vor der Sünde Stirn zu treten?
> Und hat Gebet nicht die zwiefache Kraft,
> Dem Falle vorzubeugen und Verzeihung
> Gefall'nen auszuwirken?"

Er bekennt vor dem Himmel seine Schuld, aber in
sein Gebet mischt sich die Unentschlossenheit, von dem
unrechtmäßigen Besitze abzutreten:

„mir bleibt ja stets noch Alles,
Was mich zum Mord' getrieben: meine Krone,
Mein eigner Ehrgeiz, meine Königin.
Wird da verzieh'n, wo Missethat besteht?"
Der Besserungslose meint, auf dieser Welt könne
man wohl das Recht wegstoßen, und ein schnöder Preis
erkaufe das Gesetz; aber er ist gezwungen, beizusetzen:
„Nicht so dort oben!
Da gilt kein Kunstgriff, da erscheint die
Handlung
In ihrer wahren Art, und wir sind selbst
Genöthigt, unsern Fehlern in die Zähne
Ein Zeugniß abzulegen." (III. A. 3. Sc.)

Doch Klaudius muß erfahren, daß die göttliche Gerechtigkeit nicht bloß „dort oben" waltet, sondern
daß sie auch auf Erden herrscht.

Diese Gerechtigkeit ist es, welche durch ein Wunder
das Verbrechen enthüllte, und sie ist es, welche
die Strafe herbeiführt und vollzieht. Je verworrener die Zufälle aneinander stoßen, desto unver-
kennbarer offenbart sich die Macht der höhern
Ordnung.

Hamlets Abenteuer zur See mißfallen vielen Lesern.
Sie scheinen romanhaft, nicht dramatisch. Er fährt allem
Anschein nach rettungslos dem Tode zu. Seeräuber überfallen zufällig das Schiff, und zufällig bleibt nur der Prinz
in ihren Händen. Der Zufall führt ihn gegen alle
Pläne des Königs zur Heimat zurück. Aus Furcht vor
den Seeräubern fliehen Rosenkranz und Güldenstern auch

ohne Hamlet der Küste Englands zu und überreichen die
durch ein zufälliges Gelingen unterschobene Depesche,
welche der Prinz mit dem Petschaft des Vaters gesiegelt
hatte, das er zufällig bei sich trug, und das zufällig
zugleich das Muster zum Reichssiegel war. Welch ein
Gewirre von Zufällen! Und doch führen alle zum
Ziele! —

       „Das lehr' uns,
Daß eine Gottheit unf're Zwecke formt,
Wie wir sie auch entwerfen."

Und damit dieser Ausspruch nicht bloß als eine
individuelle Aeußerung Hamlets, wie es wohl geschehen ist,
angesehen werde, sondern als eine allgemeingültige Sentenz,
als eine die Dichtung beleuchtende Idee: so wird jener
Spruch zugleich durch die Beistimmung des weisen und edlen
Horatio mit Nachdruck bestätiget. (V. A. 2. Sc.)

Eine ähnliche, und ebenfalls oft getadelte Verflech-
tung von Zufällen erblicken wir bei der Fecht-Scene.
Viele befremdet diese Planlosigkeit. Aber gerade durch
diese Planlosigkeit offenbart sich der Plan.
Denn die Strafe vollzieht nicht Hamlet, sondern — Gott.
Daher die düstere Vorahnung Hamlets unmittelbar
beim Herankommen des Endes und seine Idee von einer
unentfliehbaren göttlichen Macht und Wal-
tung. „Ich trotze allen Vorbedeutungen: es waltet eine
besondere Vorsehung über den Fall eines Sperlings.
Geschieht es jetzt, so geschieht es nicht in Zukunft; geschieht
es nicht in Zukunft, so geschieht es jetzt.... In Bereitschaft sein, ist das Beste." (V. A. 2. Sc.)

Wie er hörte, daß der König und die Königin nahen, sagt er in seiner Vorahnung: „In Gottes Namen!"

Diese durchgreifende Wirksamkeit der göttlichen Vorsehung gibt der ganzen Handlung ein Gepräge des Wunders, und dem Drama die hehre Würde eines Miracle-Play (Mysterien=Spiel.)

Von diesem Gesichtspunkte aus läßt sich erst die Geisteserscheinung vollkommen würdigen, der religiöse Grundton der Tragödie verstehen, die Hoheit der Komposition gebührend bewundern; und es wird sich klar herausstellen, daß hauptsächlich aus diesem Grundplane des ganzen Drama die künstlerische Nothwendigkeit entsprang, dem Hamlet gerade jenen Charakter zu geben, in dem wir ihn erblicken.

Doch bevor ich zur Charakterisirung Hamlets übergehe, will ich einige einfachere Individualitäten zu schildern versuchen: aber, wie sich von selbst versteht, erst im nächsten Briefe.

___

Neunter Brief.

Ihre Erzählung von der Kritik des Barbiers über meine Gespenster=Briefe hat mich und Andere mit seltener Heiterkeit erfüllt. Wir bitten Sie bei allen Geistern, den puderlosen Zopf so lange zu rütteln, bis er seine Weisheit herausschüttelt. „Rasirung des Gespenster= Glaubens vom Angesichte des neunzehnten Jahrhunderts": so muß der Titel der beabsichtigten Schrift lauten.

welche Brown in seinen Autobiographical Poems aus den Sonetten zusammenstellte, in Allem zu unterschreiben, wird es doch das Natürlichste sein, im Allgemeinen ihm beizustimmen, und mit ihm diese lyrischen Herzensergüsse von dem biographischen Standpunkte aus zu betrachten, wie der scharfsinnige Gruppe die Elegien Tibulls, Fr. v. Schlegel die Sonette und Kanzonen Petrarcas, und die neueste Kritik im „Deutschen Museum" die römischen Elegien Göthe's als Ausklänge von Erlebnissen zu erklären wußten.

Sie lächeln ohne Zweifel und hegen eine schalkhafte Freude, daß mich mein Gedankengang schnurgerade dorthin führt, wo Sie Selbst stehen. Denn die Sonette stimmen mit den Anekdoten so ziemlich überein, und werden sie als Selbstbekenntnisse anerkannt, so steht der Dichter als ein Mann vor uns, dem wir einen religiös-sittlichen Ernst kaum zumuthen können. So denken Sie, so sagen Sie. In der That, die Sonette sind verrätherische Spiegel, worin wir befremdende Geheimnisse des Dichters erblicken. Während sein Genius bereits die schönsten Dichtungen schuf, lag seine Willenskraft noch unter dem Banne einer Circe. Aber dieselben Dichtungen, welche uns des Dichters Wunden aufdecken, enthüllen uns auch den innern Kampf zwischen dem Guten und Bösen. Er nennt die Lust

„Im Kosten Wonne, und gekostet, Qual,
Im Ausgang Trug, nur in der Aussicht Freude."

Leider war er damals noch zur Aeußerung gezwungen:

„All dieß weiß alle Welt; doch Keiner meidet
Den Himmel, der zu dieser Hölle leitet."
(Sonett 129.)

Aber noch vor dem Jahre 1598 (34. Lebensjahr) brachen die Fesseln der Leidenschaft: denn nur bis zum Jahre 1597 scheinen die Sonette zu reichen. Im 110. blickt er nun auf seine Verirrungen auf einen über= wundenen Zustand, zurück und wagt bereits den Ausruf:

„Bei allen Mächten!
Dieß Straucheln hat mein Herz mir nur
verjüngt."

Der neue Ernst steigerte sich bis zur Strenge. An der Selbsterneuung, welche im Sonett 110 ersehnt wird, arbeitet er nun schonungslos:

„Und scharfe Essigtränke will ich trinken,
Als will'ger Kranker: was Entführung
schafft,
Das Bitterste soll mir nicht bitter dünken"
u. s. w. (Sonett 111.)

Die Schauspieler=Gesellschaft, welche nicht bloß vom Vorurtheile der Zeit gebrandmarkt war, sondern wirklich eine auffallende Ungebundenheit übte, wurde ihm unaus= stehlich; im Jahre 1604 verließ er für immer die Bühne, wo er keineswegs eine sekundäre Stellung eingenommen hatte, wie Manche vorgeben. Der geistreiche Lord South= ampton, derselbe, an den die Sonette gerichtet sind, stellt den Dichter als Schauspieler mit Richard Burbadge, den englischen Roscius, auf gleiche Linie und

sagt von beiden, sie seien in ihrer Kunst sehr berühmt.
Nicht Unzufriedenheit mit dem theatralischen Erfolge, auch
nicht bloße Bequemlichkeit bewogen ihn zum Austritte,
sondern nur die entscheidende Macht seines bürger-
lichen und sittlichen Ehrgefühles. Dieser Schritt
geschah im ersten Jahre nach dem Erscheinen der Tragödie
Hamlet. Sein Testament, geschrieben am 25. März 1616,
enthält ein Bekenntniß anderer Art, als so manches der
Sonette: ein Bekenntniß, welches bei den Dichtern des
philosophischen Deutschlands nicht so leicht anzutreffen
wäre: Shakespeare, damals noch vollkommen gesund,
schrieb die Worte: „Zuerst empfehle ich meine Seele in
die Hände meines Schöpfers, hoffend und festiglich glaubend,
durch die Verdienste Jesu Christi, meines Heilandes, theil-
haftig zu sein des ewigen Lebens rc."

Was sagen Sie zu all' Diesem? Ueberlesen Sie die
Sonette 29. 32. 64. 71. 72.; tönen nicht dieselben
Klagen über die Nichtigkeit alles Irdischen und über den
persönlichen Unwerth, die wir aus Hamlets Mund vernehmen, hier aus des Dichters eigener, gepreßter Brust?
Und hören wir in den Sonetten die mächtigen Worte
von des Dichters Entsühnungs- und Selbst-
erneuungs-Schmerzen — und sehen wir ihn dann
auf der Bühne als den Geist, der eine schmerz-
liche Läuterung zu bestehen hat, ahnen wir dann
nicht mit Nothwendigkeit, daß hier Shakespeare seine
eigene Rolle spielte, eine Rolle, deren erschütternde
Darstellung der bedeutungsvolle Abschied des
Künstlers vom Theater war?

Bei Gott, Sie werden nun zugeben, daß dem Dichter
heilig-ernst war bei allem Ernsten und Heiligen in
der Tragödie Hamlet!

Andere Beziehungen dieser Dichtung auf die nächste
Wirklichkeit muß ich auf spätere Besprechungen verschieben;
Ihren Zweifel an des Dichters innerem Ernste glaube ich
gelöst zu haben, und so wende ich mich jetzt, dem schon
ausgesprochenen Plane folgend, der Charakterisirung
der dramatischen Personen zu. —

Vom Könige Klaudius war in der bisherigen
Uebersicht schon vielfach die Rede. Sein Verbrechen
bildet ja die erste Grundlage des Drama.

Wie stellt sich nun der Dichter den Frevler vor?

Der ältere Hamlet und dieser Klaudius sind ein
grelles Beispiel jener Laune der Natur, welche statt der
Aehnlichkeit gerade den Kontrast in's Dasein setzt.

„Seh't hier auf dieß Gemälde und auf dieß,
Das nachgeahmte Gleichniß zweier Brüder.
Seh't, welche Anmuth wohnt auf diesen Brau'n!
Apollo's Locken, Jovis hohe Stirn,
Ein Aug' wie Mars" u. s. w.

„Dieß war Eu'r Gatte. — Seht nun her, was folgt:
Hier ist Eu'r Gatte, gleich der brand'gen Aehre
Verderblich seinem Bruder. Habt Ihr Augen?"
u. s. w. (III. A. 4. Sc.)

„Der Eine ist ein Apollo, der Andere ein
Satyr." (I. A. 2. Sc.)

Hamlet hatte den Thron nicht geerbt, sondern
durch die freie Wahl ward er darauf erhoben. Denn

Dänemark ist ein Wahlreich. Wie er durch persönliche Tüchtigkeit sich empor geschwungen, so blieb er auch als König des Reiches erster Held. Schon vor dreißig Jahren hatte er im Zweikampfe den eifersüchtigen König Fortinbras erlegt, und noch im vorgerückten Alter warf er den beschlitteten Polacken (the sledded Pollack; Andere lesen: the sledded poleaxe, wie z. B. Francke: Hamlet a Tragedy etc. Leipzig 1849.) auf die Eisdecke. In den Zeiten unmittelbar vor seinem Tode war er noch eine hohe, herrliche Gestalt voll Majestät: das Angesicht noch von frischer Farbe, aber der Bart „ein schwärzlich Silbergrau" (I. A. 2. Sc.): als König ritterlich und glorreich, als Gatte treu und liebevoll.

„Er war ein Mann, nehmt Alles nur in Allem,
Ich werde nimmer seines Gleichen sehn!" (I. A. 2. Sc.)

Bei den vielen Tugenden hatte er jedoch auch seine Fehler; er liebte vermuthlich nicht bloß die Heiterkeit (Yorik!) sondern nach Dänenbrauch in zu starkem Maße den Pokal, so daß der Schlaf im Garten nicht ohne besondern Grund zur Gewohnheit wurde. Ihn über-raschte der Tod „in der Sünden Maienblüthe" und nach dem Gesetze: „Worin ein Jeder gefehlt hat, darin wird er gestraft." (Sap. 11, 17.), muß er nun im Fegefeuer das Uebermaß der Tafellust büßen: er muß fasten. Obgleich schweren Strafen verfallen, ist er doch ein „ehrliches Gespenst," verlangt zwar die gebührende Züchtigung des verbrecherischen Bruders, empfiehlt aber dem Sohne zarte Schonung gegen die schuldbelastete Mutter, und nennt den Mord auch im besten Falle eine schnöde That, wodurch er wenigstens indirekt dem Prinzen den rechten Weg der Handlung andeutet. (I. A. 5. Sc.)

Merkwürdig ist der Umstand, daß in dem Wahlreiche Dänemark die Königin-Wittwe im Besitze des Thrones bleibt, (The imperial jointress of this warlike state: „Die hohe Wittwe und Erbin dieses kriegerischen Staats": jointres = die Besitzerin eines Leibgedinges): der Mann ihrer neuen Wahl bekömmt mit ihrer Hand zugleich die Krone. — Dieser Glückliche ist Klaudius! — Auch er hatte im Kriege sich umgesehen.

„Ich kenne selbst die Franken aus dem Krieg" (IV. A. 7. Sc.); aber von Heldenthaten zeigt sich keine Spur. Sinnlicher Genuß ist sein Ziel. Unter einem unmäßigen Volke thut er es Allen an Schwelgerei zuvor (I. A. 4. Sc.); sein Leib ist fett (IV. A. 3. Sc.) und aufgedunsen (IV. A. 4. Sc.). Obgleich bei Jahren, „taumelt er den geräuschigen Walzer (I. A. 4. Sc.) Nicht nur wegen dieser Ursachen wird er Faun oder Satyr genannt (I. A. 2. Sc.): er ist auch, wie diese von Thierheit behafteten Waldgötter, den Genüssen des Geschlechtstriebes ergeben. — Einschmeichelnde Manieren stehen ihm zu Diensten; ein bezaubernder Witz (I. A. 5. Sc.) und eine unverwüstliche, immer lächelnde Heiterkeit. (Vergl. I. A. 5. Sc.)

„O Schurke! Lächelnder, verdammter Schurke!
Schreibtafel her! Ich muß mir's niederschreiben,
Daß einer lächeln kann und immer lächeln,
Und doch ein Schurke sein."

Dazu kömmt noch ein Anschein der mildesten Gut-
müthigkeit, welche namentlich gegen die Königin als
innigste Liebe hervortritt. „Gute Gertrud." — „O liebste
Gertrud!" Und besonders IV. A. 7. Sc.

   „Sie ist mir so vereint in Seel' und Leben,

     Wie sich der Stern in seinem Kreis nur regt,

     Könnt' ich's nicht ohne sie."

Eben so stark als die Sinnlichkeit herrscht in diesem
Manne der Ehrgeiz, und dieser war das Hauptmotiv,
das ihn zur Verführung seiner Schwägerin trieb, dann
zum Bruder- und Königs-Morde, dann zur „blutschänderischen" Ehe und zum Thronraube. — Der ältere
Bruder erwarb sich die Krone durch Verdienste, der
jüngere durch Verbrechen.

Seine Waffe ist Schlauheit und List. So gelang
ihm das Ungeheure ohne Spur einer Entdeckung.
Als König achtet er scheinbar die Verfassung und
Gesetze (I. A. 2. Sc. IV. A. 5. Sc.); er sorgt für
des Reiches Sicherheit und erlangt sein Ziel ohne
Schwertstreich; er gibt sich den Schein würdevoller
Gemüthsruhe (IV. A. 5. Sc.), fällt jedoch zu Zeiten,
besonders bei der Schwelgerei, aus der Rolle. Er gewann
die Großen und beredete Hamlet zum Bleiben. Alles scheint
zu gelingen. Der einzige Hamlet bedroht sein Glück.
Aber den Preis des Brudermordes soll die Ermordung
des Neffen sichern; nach der Vereitelung des ersten
Versuches wird sofort ein neuer künstlicher Mordplan geflochten. Die Schlinge umstrickt zwar den armen
Hamlet, aber sie fängt auch den Verbrecher. —

Nach dem Geiste der Dichtung hat hiemit seine Strafe noch nicht ihr Ende, sondern erst ihren eigentlichen Anfang.

> „Beim Doppeln, Fluchen, oder anderm Thun,
> Das keine Spur des Heiles an sich hat:
> Dann stoß ihn nieder, daß gen Himmel er
> Die Fersen bäumen mag, und seine Seele
> So schwarz und so verdammt sei, wie die
>   Hölle,

Wohin er fährt." (III. A. 3. Sc.)

Die Hölle ist der schaurig erhabene, furchtbare Abschluß im Schicksale des reuelosen Verbrechers.

Es drängt sich die Frage auf, ob denn ein solches Scheusal von einem Menschen noch geeignet war, ein poetischer und zwar ein dramatischer Gegenstand zu werden? Welches Interesse kann unser Herz für ihn fühlen? — Aristoteles stellt im 13. Kapitel der Poetik für die Tragödie das Gesetz auf: „daß auch nicht ein Erzbösewicht (τὸν σφόδρα πονηρὸν) aus Glück in Unglück stürze: denn das dem Herzen Zusagende (τὸ μὲν γὰρ φιλάνθρωπον) würde zwar eine solche Komposition enthalten, aber weder Mitleid noch Furcht: denn jenes findet bei dem unverdient Leidenden statt, diese bei dem Gleichen."

Das Gesetz hat seine guten Gründe. Wie besteht also Shakespeare's Klaudius vor der ästhetischen Kritik?

Zuvörderst einmal hat Klaudius, trotz seiner entsetzlichen Verbrechen, die äußerste Verruchtheit noch nicht erreicht. Sein Gemüth hat noch ein Gefühl von Gott, von höherer Gerechtigkeit, von ewigem Gesetze: er verabscheuet selbst seine Thaten, leidet unter der Folter des Gewissens und sehnt sich nach Besserung und nach Versöhnung mit dem Himmel.

„O Jammerstand! O Busen, schwarz wie Tod!
 . . . . Engel, helft! versucht!
Beugt euch, ihr starren Knie'! Gestähltes Herz,
Sei weich wie Sehnen neugeborner Kinder!
Vielleicht wird alles gut." (Er betet.)

Aber die Bedingung der Versöhnung (er hat noch Geistigkeit genug, um dieß einzusehen;) ist die Verzicht-leistung auf Königin und Krone; und hiezu fühlt er sich zu schwach. Seine Schuld bindet ihn jetzt nur noch fester.

„O Seele, die sich frei zu machen ringend,
Noch mehr verstrickt wird!"

Die Ursache dieses Beharrens im Bösen ist nicht nur Leidenschaft und Menschenfurcht, sondern zugleich ein Mangel an Gottesfurcht. Kurz vorher suchte er noch bei Gott eine Rettung:

„Vielleicht wird Alles gut;"

doch die Sophistik der Leidenschaft spiegelt ihm die Rettung durch eigene Kunstgriffe vor:

„Bald werden wir der Ruhe Stunde seh'n,
Solang muß alles mit Geduld gescheh'n."

(V. A. 1. Sc.)

Er bekömmt unheimliche Anzeichen, daß er einen ungleichen Kampf unternommen habe. Denn wie hat Hamlet die umständliche Art und Weise des

Brudermordes entdeckt? — Welch ein seltsames Ungefähr bringt diesen von der Fahrt nach England so
plötzlich wieder zurück? — Doch er setzt den Widerstand fort: er ist erfindungsreich für neue Pläne: „drum
muß der Plan noch einen Rückhalt haben, der Stich hält,
wenn er in der Probe birst." (IV. A. 6. Sc.) er verführt
den erbitterten, rachsüchtigen Laertes; er legt eine Meuchel-
waffe in dessen Hand; er läßt zu größerer Sicherheit
diese vergiften; er bereitet für den schlimmsten Fall
noch einen Giftbecher. Hamlet kann unmöglich ent-
kommen; aber fällt er, dann sitzt Klaudius sicher
auf seinem Throne. Hierin lag die Täuschung.
Gerade im Augenblicke des scheinbaren Sieges wird
er durch ein seltsames Spiel von Zufällen —
in Wahrheit durch die Vorsehung — plötzlich entlarvt
und getödtet und dem Gerichte der Ewigkeit
zugeschleubert.

Wenn auch die Schuld des Klaudius mit ungewöhnlichen Verbrechen vor uns tritt, so erscheint er durch
seine innern Zustände und mit seinem Schicksale dennoch
als ein Symbol dessen, was jeden Menschen
tief berührt. Wir sehen an ihm die Geschichte
der Schuld! — Im Hintergrunde liegen die heitern
Anfänge beim Trinkgelage und Tanze; das Böse wuchs
schnell zum Laster empor und schlug in Verbrechen aus,
und nur durch immer neue Frevel fristet es seine Existenz:
vergeblich mahnt die Gottheit innerlich durch das
Gewissen, äußerlich durch Aufschreckungen: die
Verblendung ist die Wegweiserin und der Unter-

gang das Ende! — Wer entsetzt sich nicht vor der
magischen Macht des Bösen? Wer sieht nicht, daß mit
der Dauer der Schuld auch die Schwierigkeit der Besserung
wächst? — Wer beugt sich nicht schaudernd vor Gottes
Gericht? Und wer verehrt nicht freudig zwischen allen
Schrecken die Gegenwart Gottes in Seiner Welt
und den Sieg der höhern Ordnung in dem zeit-
lichen Gewirre und Widerstreben?

Da haben Sie nun wieder einen Stoff zum Lachen
und Spotten, Sie schalkhafter Satyr! Amüsiren Sie
Sich mit Ihrem Barbiere und betreiben Sie das Bann-
Edikt gegen alle Gespenster!

Zehnter Brief.

Ihre Bemerkung, meine Rundschau-Briefe seien nicht
eine Beleuchtung, sondern eine chemische Zersetzung
der Tragödie, hat selbst nach meiner Ansicht viel Wahres:
wenn Sie aber behaupten, diese aus dem ganzen Gedichte
ausgezogene Substanz des Religiösen wirke weit greller,
als innerhalb des Gedichtes, etwa so wie das Sauer-
stoffgas an sich andere Qualitäten zeige, als in der
atmosphärischen Luft: so werden Sie doch zugeben, daß
zum Studium der atmosphärischen Luft die Analyse
unumgänglich nothwendig ist; und gleichwie bei diesem
Experimente die Recomposition der getrennten Bestand-
theile die schönste Gewähr und den Abschluß bildet, so
verhält es sich auch beim Studium des Gedichtes, und

ich erinnere Sie an meine Bitte, die Fragmente meines Erklärungs-Versuches durch Ihren Geist wieder zu einigen. — Ich war übrigens auf eine strengere Entgegnung gefaßt, und fahre daher desto ruhiger in den Charakter-Schilderungen fort.

An Klaudius schließen sich als seine Werkzeuge Polonius und Osrik, Rosenkranz und Güldenstern an. Ich nehme die letztern zuerst vor.

Gervinus nimmt seltsamer Weise gegen Hamlet für sie Partei (III. 292.) und er beruft sich auf Horatio's stillen Tadel: sie „geh'n d'rauf." — Als Erschwerung der Schuld des Prinzen erinnert er zugleich an dessen innige Jugendfreundschaft zu beiden Unglücklichen. Diese Freundschaft wurzelt wirklich schon in früher Jugend.

„Ich ersuch' euch beide,
Da ihr von Kindheit auf mit ihm erzogen"
u. s. w. (II. A. 2. Sc.)

Hamlet begrüßt sie freundlichst und spricht etwas später: „Ich beschwöre euch bei den Rechten der Schulfreundschaft, bei der Eintracht unf'rer Jugend, bei der Verbindlichkeit unserer stets bewahrten Liebe und bei allem noch Theureren, was euch ein besserer Redner an's Herz legen könnte."

(II. A. 2. Sc.)

Er bittet sie nämlich um Offenheit: denn er ahnte sogleich, sie seien nur Werkzeuge des Königs gegen ihn. Sie stutzen; Güldenstern bekennt: „Gnädiger Herr, man hat nach uns geschickt." Aber sie beginnen doch sogleich durch eine geschickte Wendung zum aufgetragenen Geschäfte einzulenken und den Freund auszuspioniren.

Bei Klaudius erstatten sie den Söldlings-Rapport:

Rosenkr.: „Er gibt es zu, er fühle sich verstört;
Allein woburch, will er durchaus nicht sagen."

Güldenst.: „Noch bot er sich der Prüfung willig bar,
Hielt sich vielmehr mit schlauem Wahn-
wiz fern,"

Wenn wir ihn zum Geständniß bringen wollten
Von seinem wahren Zustand." (III. A. 1. Sc.)

Sie zweifeln also nicht an Hamlets Verstand und an
einer verborgenen Absicht desselben; gleichwohl
entziehen sie sich ihm, der doch bat: „Wenn ihr
mich liebt, tretet nicht zurück." (II. A. 2. Sc.) Weit mehr
als diese Bitte des königlichen Jugendfreundes wog auf
ihrer Wage das Versprechen der Königin, sie würden
eine Belohnung empfangen,

„Wie es sich ziemt für eines Königs Dank."

Hamlet durchschaut die treulosen Spione; er traut
ihnen wie „Nattern" (IV. A. 4. Sc.) mit Verachtung hält
er ihnen ihr Bild vor: „Ihr könnt mich zwar verstimmen,
aber nicht auf mir spielen" (III. A. 2. Sc.); er kündigt
ihnen ihr verdientes Schicksal an (IV. A. 2. Sc.), und im
Grimme gegen die Betrüger überantwortet er sie durch List
dem Tode. (V. A. 2. Sc.) Hamlet rechtfertigt seine That:

„Ei, Freund, sie buhlten ja um dieß Geschäft,
Sie rühren mein Gewissen nicht; ihr Fall
Entspringt aus ihrer eig'nen Einmischung.
'S ist mißlich, wenn die schlechtere Natur
Sich zwischen die entbrannten Degenspitzen
Von mächt'gen Gegnern stellt." (ib.)

Horatio: „Was für ein König!“

Ihre Jugendfreundschaft ist eben die Folie ihrer Schuld und Horatio mißbilligt die That nicht, sondern er bewundert sie.

Rosenkranz und Güldenstern haben durch ihre Einmischung in den Streit zweier Fürsten der Gefahr sich preisgegeben; durch ihren Eigennutz und durch ihre Treulosigkeit und Falschheit haben sie ein strafendes Schicksal verdient.

Der Dichter verfährt gegen sie desto strenger, je wärmer sein Herz für Freundschaft schlug. Kein Dichter ehrte die Freundschaft höher, als Shakespeare! (Vgl. Son.) Damit will ich jedoch keineswegs den Hamlet von jeder Schuld freisprechen; doch davon war schon die Rede und ich komme später darauf zurück! — Die nordische Sage meldet von einer ganzen Schaar solcher treulosen, spionirender Gespielen. Um die Mehrzahl solcher Wichte anzudeuten, wählte der Künstler die Zweizahl; zudem sehen ja zwei Spione, wo möglich, mehr als Einer: auch hätte die Konzentrirung dieser Handlungsweise auf einen Einzelnen diesem ein grelleres Kolorit gegeben, als der Haltung des Ganzen angemessen wäre.

Von den Hofherren führt uns der Dichter ebenfalls zwei vor: den Polonius und Osrick. Denn Voltimand und Kornelius zeigen sich nur flüchtig.

Polonius hatte in seiner Jugend durch Liebes-Leiden den Verstand verloren: so bekennt er uns selbst dem wahnsinnigen Hamlet gegenüber: „Es ist weit mit ihm gekommen, sehr weit! Und wahrlich, in meiner

Jugend brachte mich die Liebe auch in große Drangsale fast so schlimm wie ihn." (II. A. 2. Sc.) — Nur aus seinen eigenen Jugend=Sünden ist es zu erklären, wenn er noch als Greis nicht bloß das Spielen, Trinken, Raufen, Fluchen, Zanken, sondern sogar das H.. als herkömmliche Gefährten der Jugend und Freiheit ausgibt, welche seinem Sohne Laertes keine Schande bringen. (II. A. 1. Sc.)

Die Vornehmheit seines Hauses läßt sich am besten aus dem Umstande ersehen, daß die Dänen seinen Sohn Laertes als König ausrufen. (IV. A. 5. Sc.) Polonius erscheint am Hofe des Klaudius als der erste „Staatsbeamte" und Günstling.

> „Der Kopf ist nicht dem Herzen mehr verwandt,
> Die Hand dem Munde dienstgefälliger nicht,
> Als Dänemarks Thron es deinem (des Laertes)
>   Vater ist."

Wie erlangte er diese Stellung? Außer dem Vor=schube seines Adels und Reichthums empfahl ihn vor Allem seine knechtische Wohldienerei!

> „Ich halt' auf meine Pflicht wie meine Seele,
> Erst meinem Gott, dann meinem gnädigen König."
>   (II. A. 2. Sc.)

So oft er etwas Angenehmes weiß, trägt er es eiligst zu, sogar Andern die Ehre vorwegnehmend, (ib.) und so ist „er stets der Vater guter Zeitung." Als Hamlet deklamirte, bemerkte er: „Bei Gott, mein Prinz, wohl vorgetragen; mit gutem Ton und gutem Anstande." (II. A. 2. Sc.) Als hierauf der Schauspieler mit ungleich besserem Geschick fortfuhr, rümpft er die Nase und sagt:

„Das ist zu lang." — Hamlet kehrt diese kriechende Fügsamkeit in ihre volle Lächerlichkeit heraus, indem er ihn veranlaßt, dieselbe Wolke einem Kamele, einem Wiesel, einem Wallfisch ähnlich zu finden. (III. A. 2. Sc.) — Seine Rührigkeit und seine Geschäftigkeit ist unermüdlich; seine besondere Fertigkeit hat er im Ausspioniren. Er unterrichtet hiezu den braven Reinhold in Bezug auf Laertes; er übt diese Kunst persönlich gegen seine Tochter; darauf an Hamlet; er ladet den König ein, mit ihm hinter einem Teppich den Prinzen bei einer künstlich angelegten Zusammenkunft mit Ophelia zu belauschen (II. A. 2. S.); er führt dann allein diesen Spionen=Kniff aus im Zimmer der Königin (III. A. 1. u. 4. Sc.)

Er bewährt dadurch vielseitig genug seine Maxime,

„Mit Krümmungen und mit verstecktem Angriff
Durch einen Umweg auf den rechten Weg zu
kommen." (II. A. 1. Sc.)

Gleichwohl stellt er den Grundsatz auf:

„Dieß über Alles: sei dir selber treu,
Und daraus folgt, so wie die Nacht dem Tage,
Du kannst nicht falsch sein gegen irgend wen."
(I. A. 3. Sc.)

Aber er bildet sich auch auf seine Klugheit nicht wenig ein:

„So wissen wir gewitzigt, helles Volk" u. s. w.
Ei nun, mein Plan ist der,
Und wie ich denke, ist's ein Pfiff, der anschlägt...

Triumphirend eilt er (II. A. 2. Sc.) zum Könige:

„Und jetzo denk ich (oder dieß Gehirn

Jagt auf der Klugheit Fährte nicht so sicher,
Als es wohl pflegte), daß ich ausgefunden,
Was eigentlich an Hamlets Wahnwitz Schuld."

Ja, er hält sich für unfehlbar:

"Habt Ihr's schon je erlebt, das möcht' ich wissen,
Daß ich mit Zuversicht gesagt: „„So ist's,""
Wenn es sich anders fand?"

Wie er einmal auf einem Irrthume sich entdeckte,
sieht er darin nur ein Uebermaß der Klugheit:

"Uns Alten ist so eigen, wie es scheint,
Mit unf'rer Meinung über's Ziel zu geh'n,
Als häufig bei dem jungen Volk der Mangel
An Vorsicht ist"

eine Bemerkung, welche allerdings zugleich aussieht, wie
ein von dem Munde des Polonius herabhangender Zettel
mit der Inschrift seiner Bedeutung: wozu nur noch ein
anderer Ausspruch gehört:

"Du kläglicher, vorwitz'ger Narr, fahr wohl:
Du siehst, zu viel Geschäftigkeit ist mißlich!"

(III. A. 4. Sc.)

Uebrigens verwendete der eitle Mann selbst auf
die Form der Rede keine geringe Sorgfalt, und übt
besonders das Wortspiel, z. B.

"Denkt, Ihr seid ein dummes Ding,
Daß Ihr für bar — Anträge hab't genommen,
Die ohn' Ertrag sind. Nein, betragt Euch klüger,
Sonst (um das arme Wort nicht todt zu hetzen)
Trägt Eure Narrheit noch Euch Schaden ein."

(I. A. 3. Sc.)

Die Königin fühlt sich seiner albernen Geschwätzigkeit
gegenüber zur Mahnung gezwungen:

"Mehr Inhalt, wen'ger Kunst;"

und Polonius entgegnet:

"Auf Ehr', ich brauche nicht die mind'ste Kunst.
Toll ist er, das ist wahr; wahr ist's, 's ist
Schade;
Und Schade, daß es wahr ist. Doch dieß ist
'Ne thörichte Figur; sie fahre wohl;
Denn ich will ohne Kunst zu Werke gehn."

(II. A. 2. Sc.)

Er hielt sich überhaupt für einen Schöngeist. Er
befiehlt seinem Laertes durch den Diener Reinhold
besonders die fleißige Betreibung der Musik. Von seiner
ästhetischen Bildung legt er bei Hamlet den voll-
gültigsten Beweis ab:

"Die besten Schauspieler in der Welt, sei es für
Tragödie, Komödie, Historie, Pastorale, Pastoral-Komödie,
Historiko-Pastorale, Tragiko-Historie, Tragiko-Komiko-
Historiko-Pastorale, für untheilbare Handlung oder fort-
gehendes Gedicht. Seneka kann für sie nicht zu traurig,
noch Plautus zu lustig sein:" u. s. w.

Nicht minder zeichnet er sich als ästhetischer
Kritiker aus. Der Schauspieler deklamirt:

"Doch wer, o Jammer!
Die schlotterichte Königin geseh'n" —

Hamlet stutzt und unterbricht: Die schlotterichte Königin?
Polonius: "Das ist gut, schlotterichte Königin
ist gut."

Wenn dann der Deklamator zu ächter, Alles fühlender Lebendigkeit erglüht, erschrickt Polonius und ruft: „Seht doch, hat er nicht die Farbe verändert und Thränen in den Augen! — Bitte, halt inne!" Wie dann dessen eigene Darstellung des Julius Cäsar auf der Bühne ausfiel, überläßt der Dichter billig unserer Ahnung.

So erscheint denn der hohe dänische Hofherr als eine drollige Lächerlichkeit: durchweg als das Gegentheil und Widerspiel von dem, was er sich dünkt und was er bei Andern scheinen will: er will witzig und kunstreich sprechen, und spricht albern; er will ein Kunstkenner sein, und urtheilt mit Blödsinn über Kunst; er hält sich für den Klügsten, und ist ein Narr; er brüstet sich mit seinem Range, und ist ein Lackei und schmutziger Lohnarbeiter; er prahlt mit seiner Ergebenheit und ist der gründlichste Egoist; er gibt sich den Schein der Geradheit und geht nur auf Krümmungen; er spielt den Sittenlehrer und frommen Segenspender und hegt die laxesten Ansichten: er will Alles zurecht stellen, und verwirrt Alles: von ihm soll die Wohlfahrt des Hauses und des Hofes abhangen, und er zieht nicht nur sich selbst den Untergang zu, sondern auch seinen Kindern. — Hier schlägt das Komische in's Tragische um. Prophetisch hatte ihn Hamlet (II. A. 2. Sc.) als Jephte begrüßt, den Richter Israels, dessen Thorheit der Tochter den Tod brachte. Hamlet befürchtet sogleich nach der unvorsätzlichen Tödtung des Polonius die Folgen hiervon

auf Ophelia. Deßhalb weint er (IV. A. 1. Sc.)
und spricht (III. A. 4. Sc.):

> „Für diesen Herrn
> Thut es mir leid: der Himmel hat gewollt,
> Um mich durch dieß zu strafen, und dieß durch mich."

Hamlet ist gestraft — nicht bloß durch die Verant-
wortlichkeit für den Mord, sondern zugleich durch den
Schmerz der Ophelia. Daß aber Polonius durch
Hamlet ermordet werde, war ebenfalls durch eine Anspielung vorhergesagt, Polonius sagt nämlich: „Ich
stellte den Julius Cäsar vor: ich ward auf dem Kapitol um-
gebracht: Brutus brachte mich um." (III. A. 2. Sc.)
Der Ursprung des Namens Brutus (= Narr) ist bekannt.

Seltsamer Weise wiederholt im letzten Akte der Hofherr
Osrick eine Rolle, welche wir schon an Polonius
sahen. Denn auch er findet dieselbe Temperatur sehr
heiß, ziemlich kalt, sehr schwül, gerade wie der Prinz
es vorsagt. Wozu nun eine solche Wiederholung? Um
uns fühlbar zu machen, daß eine solche Sprache die
Mundart der Höflinge ist. Osrick unterscheidet sich
übrigens von Polonius durch seine Jugend und durch
seine sorgfältigere Höflichkeit. Er vertritt zugleich den
Nachwuchs dieser unsterblichen Race.

Durch noch weit schlechtere Bande, als diese Männer,
ist Gertrude mit Klaudius verknüpft. Sie war die
glückliche Gattin des Heldenkönigs Hamlet.

> „Hing sie doch an ihm,
> Als stieg der Wachsthum ihrer Lust mit dem,
> Was ihre Kost war."

Bei des Gatten plötzlichem Tode war sie, wie Niobe, ganz Thränen. Aber bevor noch zwei Monate verflossen, gab sie dem Schwager Hand und Krone. Hamlet ahnt aus dieser schnöden Hast noch Schlimmeres:

„Doch brich, mein Herz! Denn schweigen muß mein
Mund." (I. A. 2. Sc.)

Verführte Klaudius die Königin erst nach dem Tode des Gatten? Sowohl in der Pantomime als in der von Hamlet gedichteten Scene (III. A. 2. Sc.) zeigt sich von einer vorausgehenden, also ehebrecherischen Schuld keine Spur.

Sievers, der neueste Erklärer der Tragödie (Shakespeare's Hamlet, für weitere Kreise bearbeitet. Leipzig 1851.) stellt (S. 261—262.) den Ehebruch in Abrede. Hamlet erscheine schon im ersten Monolog, wo er ganz offenbar nur unter dem Einflusse ihrer zweiten Ehe stehe, so ganz gebrochen, daß er an Selbstmord denke. Er sage es auch in der Unterredung mit der Mutter ausdrücklich, daß allein der Bruch der Liebe ihn zerstört habe:

„O eine That,
Die aus dem Körper des Vertrages ganz
Die inn're Seele reißet, und die süße
Religion zum leeren Wortgepränge macht."

Hiezu bemerkt nun Sievers: „Die inn're Seele des Heiratsvertrages ist doch aber wahrlich nicht die Treue während der Ehe; die fordert der Vertrag als solcher; sie ist die Treue in alle Ewigkeit hinein." ... Der angebliche Ehebruch bedeute demnach hier nur

den Sieg der Sinnlichkeit, der Lust, über den
geistigen Gehalt der Liebe.

Sie werden vermuthlich mit dieser das Konkrete ver=
flüchtigenden Ansicht eben so wenig, als ich, einverstanden
sein. Es ist wahr, der tief und zartfühlende Hamlet
ruft schon im ersten Monologe, wo er von einer Schuld
vor des Vaters Tode noch keine Ueberzeugung hat, in
seiner Entrüstung aus:

„O schnöde Hast, so rasch
    In ein blutschänderisches Bett zu stürzen!"

Aber dieser Ausbruch ging schon aus seiner
Ahnung des Entsetzlichen hervor: denn es folgen
unmittelbar darauf die Worte:

„Es ist nicht und es wird auch nimmer gut.
    Doch brich, mein Herz, denn schweigen muß mein
                                        Mund."

Daß aber dieses Schweigen nicht bloß die zweite
Ehe betrifft, sondern weit schauerlichere Dinge, beweist
sein Ausruf nach des Geistes Aufklärung:

„O mein prophetisches Gemüth!" (I. A. 5. Sc.)

Es ist auch wahr, daß Hamlet in der Unterredung mit
der Mutter (III. A. 4. Sc.) ihr den Ehebruch im gewöhn=
lichen Sinne nicht ausdrücklich vorwirft: aber — er
umschreibt ihn mit dem fürchterlichsten Nachdrucke:

„Solch eine That,
Die . . . .
        Ehgelübde falsch
Wie Spielereide macht; o eine That,
Die aus dem Körper u. s. w." (wie oben).

Dann fährt er fort:

> „Des Himmels Antlitz glüht, ja diese Feste,
> Dieß Weltgebäu, mit traurendem Gesicht,
> Als nahte sich der jüngste Tag, gedenkt
> Trübsinnig dieser That."

Eine solche That kann nur eine außerordentliche, entsetzliche sein, nicht aber eine gesetzlich geschlossene zweite Ehe, deren Hast sich durch politische Gründe entschuldigen läßt.

Gertrude, welche eine Kenntniß ihrer geheimen Schuld bei Hamlet nicht voraussetzen kann, entgegnet daher:

> „Weh! welche That
> Brüllt denn so laut und donnert im Verkünden!"

Hamlet zeigt auf die Bildnisse der ungleichen Brüder und ruft:

> „Schau, wo ist dein Erröthen? Wilde Hölle,
> Empörst du dich in der Matrone Gliedern,
> So sei die Keuschheit der entflammten Jugend
> Wie Wachs u. s. w."

Jetzt seufzt die Getroffene:

> „O Hamlet, sprich nicht mehr!
> Du kehrst die Augen recht in's Inn're mir.
> Da seh ich Flecke, tief und schwarz gefärbt,
> Die nicht von Farbe lassen."

Der Prinz verlangt nun geradezu von ihr Buße und Auflösung der Ehe, die er, weil auf Ehebruch und Mord gegründet, als Unzucht ansieht.

Man könnte sich versucht fühlen, alle diese und ähnliche Ausdrücke nur als Hyperbeln des gereizten, sttlich empörten Hamlet zu betrachten: aber es wäre eine unerträgliche Rohheit des Sohnes, gegen seine Mutter eine solche Sprache zu führen, so daß er geradezu heraussagt, Klaudius habe seine Mutter zur Hure gemacht (V. A. 2. Sc.); während Hamlet in einem Lichte, in dem wir ihn sonst zu sehen gewohnt sind, erscheint, wenn er das Verbrechen der Mutter im Spiele nicht zur Darstellung bringt, auch in der Unterredung es nur zu verstehen gibt, so sturmvoll auch sein sittlicher Zorn die Brust bewegt.

Wenn aber bei alle dem noch die geniale Eigenthümlichkeit Hamlets zu einer so hyperbolischen Strenge bloß für die zweite Ehe auszulangen scheint, so spricht ja die Dichtung von diesem Gegenstande auch noch durch einen andern Mund.

Der Geist erzählt dem Prinzen zuerst die Verführung, dann erst den Mord.

„Ja, der blutschänderische Ehebrecher,
Durch Witzes Zauber, durch Verräthergaben
          . . . . gewann den Willen
Der scheinbar tugendsamen Königin
Zu schnöder Lust."

Man möchte einen solchen Fall für eine psychologische Unmöglichkeit halten; der Dichter läßt diesen Gedanken am passendsten durch Hamlet zum Worte kommen:

          „Habt Ihr Augen?
Die Weide dieses schönen Bergs verlaßt Ihr,
Und mästet Euch im Sumpf" . . . .

„Nennt es nicht Liebe! Denn in Eurem
Alter
Ist der Tumult im Blute zahm; es schleicht
Und wartet auf das Urtheil: und welch' Urtheil
Ging wohl von dem zu dem? Sinn habt
Ihr sicher;
Sonst könnte keine Regung in Euch sein:
Doch sicher ist der Sinn vom Schlag
gelähmt.
Denn Wahnwitz würde hier nicht irren"
u. s. w. (III. A. 4. Sc.)

Das scheinbar Unmögliche wird also wirklich — nur
durch eine völlige Verblendung und Bethörung.
Auch der Geist hebt das Paradoxe hervor, deutet aber
schon bestimmter auf den Grund der Erscheinung:

„Wie Tugend nie sich reizen läßt,
Buhlt Unzucht auch um sie in Himmelsbildung;
So Lust, gepaart mit einem lichten Engel,
Wird dennoch eines Götterbettes satt
Und hascht nach Wegwurf."

Hier ist deutlich genug von einer Untreue gegen den
besten Gatten noch während seines Lebens die
Rede. Gertrude's Anhänglichkeit an ihn war nicht aus
geistiger, sondern nur sinnlicher Liebe entsprungen:
die Lust war es, welche sie mit dem hochsinnigen Gatten
verband. Die sinnliche Lust ist aber schon ihrer Natur
nach unbeständig, unsicher und so irrationell,
daß trotz aller Häßlichkeit das Verbotene einen mäch-
tigern Reiz gewinnen kann, als das Erlaubte und

Gesetzliche bei aller Vortrefflichkeit. Shakespeare selbst machte ähnliche, tiefbeklagte Erfahrungen von der Magie des Bösen.

Im Sonett 150 spricht er zu dem Weibe, das ihn umstrickt hielt:

„Von woher kommt dir dieser Reiz des
                Bösen,
Daß wenn ich wählen sollte, selbst dein Gift,
Dein Abschaum durch sein freies, sich'res Wesen
Das Edelste der Andern übertrifft?
Wer lehrte dich mehr Lieb' in mir entzünden,
Je mehr ich Hassensgründe hör' und seh'?"

Und im Sonett 144 sagt er:

„Mein böser Geist, ein Weib von schlechter
                Farbe—"

Als er in den Banden dieser häßlichen Buhlerin lag, einer verehelichten Frau, war er selbst Gatte und Vater. Shakespeare tauchte also auch hier den Pinsel in das düstere Pigment des eigenen Busens! — Was einem Kritiker als Unmöglichkeit und Unnatur erscheinen kann, hat der Dichter an sich selbst als eine leidige Wirklichkeit erfahren.

Nachdem der Geist die ehebrecherische Schuld und dann den Brudermord aufgedeckt hat, erklärt auch er die Ehe des Klaudius als eine ungültige, verbrecherische:

„Laß Dänemarks königliches Bett kein Lager
Für Blutschand' und verruchte Wollust
                sein!"

Wenn nun aber Sievers auch noch des Geistes

Worte gerade so wie die des Prinzen zu deuten wagt, so kommt mir eine solche Auslegung eben nur wie eine fortgesetzte, blutauspressende, gliederverrenkende Tortur=schraubung vor. Daß die innere Verbindlichkeit der Ehe über den Tod hinausgehe, in dem Grabe, daß eine zweite Vermählung vor einer ideellen Ansicht als Ehe=bruch erscheine: ist eine so unwahre und unbe=kannte Vorstellung, daß man sie nur bei einem ver=begelten Deutschen finden kann, aber nie und nimmer bei dem praktischen Engländer, bei dem mit seinem Publikum so eng verbundenen Dramatiker, bei dem so lebenswahren Shakespeare!

Der Geist, der doch dem Sohne gegen die Mutter Schonung gebeut, würde dann die zweite Vermählung der Königin, die doch vom Morde keine Ahnung hat, eben so schonungslos und erbittert und leidenschaftlich beurtheilen, als der reizbare, schwarzgallige, exzentrische Prinz. Klaudius hätte dann den Brudermord gewagt und ausgeführt, bevor er des Vortheils sicher war, der allein ihn dazu bewegen konnte. Denn was gewann er durch den Mord, wenn die gramerfüllte Königin Witwe blieb und die Krone ihrem geliebten Hamlet überließ? Doch nun genug hievon!

Gertrude ist nach des Dichters Vorstellung eine hübsche, sanguinische, genußsüchtige Frau; scheinbar tugend=haft, so lang diese Tugend für sie das Angenehmste ist; selbst in ihrem reifen Alter: nach einer 30jährigen, glücklichen Ehe noch verführbar. Ihre Liebe zu Hamlet ist nur eine weichherzige, nicht eine gründliche, tiefe, wahrhafte: denn sonst hätte sie nicht ihren Buhlen auf den Thron gesetzt, auf welchen der Prinz vollgültigen Anspruch hatte. Auch ihre Reue ist nur Gefühl, nicht thatkräftiger Wille. Selbst ihre Todesart trägt noch die Form des Genusses, indem sie rasch den Becher ergreifend, hastig trinkt, vorschnell und taub gegen die Warnung des Königs. Das Gift des Trankes war von der gehörigen Hand hineingeworfen: Klaudius, der Verführer der Schuld, wurde der Urheber ihres Todes.

Das Element der sinnlichen Gefühle und Triebe herrscht in dieser weiblichen Natur vor; alles Gute entbehrt der tiefern, festen Wurzel; das Böse erscheint als Ohnmacht des Geistes gegen die Sinnlichkeit, als Schwäche.

„Schwachheit, dein Nam' ist Weib!"

Diese natürliche Schwäche und das strafende Schicksal sind es, welche dem Abscheu ein düsteres Mitleid beigesellen.

Der entarteten Matrone stellt der Dichter mit feinem Takte die holdselige Jungfrau gegenüber. Ophelia ist kein außerordentliches Wesen, kein engelartiges Ideal, sondern nur ein schönes, gutes Kind aus der natürlichen Wirklichkeit: ein Krystall, den der nächste Stoß zerbrechen, ein Licht, das ein Windhauch auslöschen, eine Blume, die ein Morgenfrost verderben kann. Mit weiblicher Unterwürfigkeit gehorcht sie ihrem Vater als Gebieter; des Herzens süßeste Neigung bringt sie dem Befehle zum Opfer; aber sie fügt sich auch ohne das mindeste Widerstreben einem

Auftrage, welcher nicht der ehrenvollste ist, nämlich bloß zum Scheine in einem Gebetbuche zu lesen und ihren Geliebten durch eine Täuschung den Späheraugen zu fixiren. Je passiver, stiller, hingebender sie gegen des Vaters Auktorität und Strenge ist, desto freier benimmt sie sich dem Bruder gegenüber, mit dem sie sich auf gleicher Linie steht. Sobald er aber warnend und mahnend sich über sie erheben will, steigt in dem sanften, zarten Mädchen das Selbstgefühl, sie stellt sich ebenfalls auf den Standpunkt der Mahnung und läßt eine überraschend pikante Phrase los — über sittenlose Sittenprediger: eine Kenntniß, welche sie wohl nicht der eigenen Beobachtung verdankte, sondern nur aus dem Gespräche der häuslichen Gesellschaft gehascht oder aus einem Buche aufgegriffen hatte.

Wie so ganz wahr sind diese beiden Verhältnisse Opheliens zum Vater und zum Bruder!

Ein neues, wonniges Leben ging ihr durch Hamlet auf. Was ihre Liebe zu ihm entzündete, war nicht bloße Sinnlichkeit: sie erkannte auch seinen geistigen Werth, und als der Männer Ideal erschien er ihr:

„Des Hofmanns Auge, des Gelehrten Zunge" u. s. w.

„ein edler Geist"—„ein hohes Bild." —(III. A. 1. Sc.)

Und dieser Mann schrieb an sie:

„An die himmlische und den Abgott meiner
Seele, die liebreizende Ophelia." (II. A. 2. Sc.)

Sie „sog den Honig seiner Schwüre." (III. A. 1. Sc.)

Daß diese Liebe Hamlets und Opheliens keine unzüchtige war, glaube ich schon in einem früheren

Briefe nachgewiesen zu haben: aber der Prinz erlaubte
sich doch schon zu schreiben:

"An ihren vortrefflichen, weißen Busen diese Zeilen."

(Zur Zeit der Königin Elisabeth trugen die Damen
in der Schnürbrust eine Tasche für Geld, Liebesbriefe
u. dgl.) Selbst Gertrude stutzte über den Ausdruck, den
sie ohne Zweifel weit sinnlicher nahm, als Hamlet.
Indessen — so ganz rein — geistig war des Prinzen Liebe
nicht. Eine Zudringlichkeit, wenn auch "in Zucht und
Ehren" fiel doch selbst Ophelien auf.

Welche Phantasien dann aus stiller Melancholie ihrer
Seele auftauchten, wurde schon besprochen. Es geht aus
Allem deutlich genug hervor, daß wir an ihr eine sittliche
Heroine nicht erwarten durften; daß eine reizende Ge-
legenheit nachgerade ihrer Tugend mehr als gefährlich
werden konnte, daß Wahnsinn und Tod nur den
Trübungen des Erdenlebens sie entzogen. Bevor
die moralischen Einwirkungen sie beflecken konnten,
wurde sie von den physischen erdrückt. Der Tod des
Vaters durch des Geliebten Hand überwältigte ihre zarten
Kräfte. In diesem Schicksalssturme rissen die Saiten der
Aeolsharfe. — Der Wahnsinn löste der weiblichen Sittsamkeit die Zunge, er schloß uns rücksichtslos ihr Innerstes
auf und verwandelte die wirkliche Ophelia doch zugleich
in eine phantastische. Ihre Erscheinung steigert
sich immer poetischer von dem Geschwisterzanke mit
Laertes bis zum Schwanengesange auf den Wellen.

Wir sehen an ihr das weibliche Naturell vor dem
Falle, wie an Gertrude nach und in dem Falle:

nur ist Ophelia von vorneherein schon edler orga-
nisirt, als die sanguinische Königin. Ihr Charakter-
bild, wie es die Dichtung darstellt, ist eine jugendliche, physisch-geistige Holdseligkeit, welche
unter die ersten Kontakte der verderbten Welt
tritt, aber aus ihrer Gewalt zuerst als Phan-
tasiewesen sich erhebt, und dann in des Himmels
Höhen verklärt entschwindet. — „Fahr' wohl
meine Taube!"

Eilfter Brief.

Die Taube, die ich frei ließ, senden Sie mir mit
einem „Oelzweige des Friedens" zurück, und Sie äußern
den Wunsch, daß ich „ebenso unphilosophisch"
den Charakter des Haupthelden selbst entwickle. Ist nicht
ein solcher Wunsch ein neuer Friedensbruch? — Doch über
Philosophie wollen wir uns ausgleichen, wenn wir
über Shakespeare im Einklange sind.

Ich beginne heute wirklich sofort die Charakteristik
Hamlets: denn Horatio, Laertes und Fortinbras werden nur als Nebenfiguren dienen, um
die Hauptfigur für Geist und Auge in das rechte
Licht zu setzen.

Lassen Sie uns zuvörderst untersuchen, wie sich denn
der Dichter seines Hamlet Lebenslauf und Eigenthümlichkeit in der ganzen Zeit bis zur Hochzeit der
Mutter und des Oheims vorstellt.

Der junge Hamlet wurde an demselben Tage geboren, an welchem König Hamlet den Fortinbras überwand: also vor dreißig Jahren.

Als Knäblein hing er mit besonderer Vorliebe an dem unvergleichlichen Hofnarren Yorik: „Ich kannte ihn, Horatio! Ein Bursch von unendlichem Humor, voll von den herrlichsten Einfällen. Er hat mich tausendmal auf dem Rücken getragen ... — Hier hingen diese Lippen, die ich geküßt habe, ich weiß nicht, wie oft. Wo sind nun deine Schwänke? deine Sprünge? deine Lieder? deine Blitze von Lustigkeit, wobei die ganze Tafel in Lachen ausbrach?" — Zwei Knaben schlossen sich dem Prinzen von Kindheit auf mit Liebe an. Rosenkranz und Güldenstern.

„Da ihr von Kindheit auf mit ihm erzogen,
Und seiner Laun' und Jugend nahe bliebt . ."
„Ihr lieben Herren, er hat euch oft genannt.
Ich weiß gewiß, es gibt nicht andere zwei,
An denen er so hängt." (II. A. 2. Sc.)
Hamlet nennt sie seine „Schulfreunde." (ib.)

Dieser Schulunterricht hatte in der Heimat statt — zu Kopenhagen. Eine vorzügliche Neigung hatte der Prinz schon damals für die Schauspielkunst.

Haml.: „Was für eine (Schauspieler-) Gesellschaft ist es?"

Rosenfr.: „Dieselbe, an der Ihr so viel Vergnügen zu finden pflegtet, die Schauspieler aus der Stadt": nämlich aus Kopenhagen.

Haml.: „Genießen sie noch dieselbe Achtung, wie damals, da ich noch in der Stadt war?"

Der Prinz hatte mit einzelnen Schauspielern persönliche Bekanntschaft gemacht und sie durch seine Gunst
ausgezeichnet.

Dann begab er sie zu seiner höhern Ausbildung auf
Deutschlands berühmteste Universität nach Wittenberg.

Dort verweilte er eine lange Zeit: denn eine junge
Schauspielerin ist inzwischen „um die Höhe eines Absatzes
dem Himmel näher gerückt" und das glatte Gesicht eines
jungen Schauspielers ist nun „betrobbelt" (valanced,
befranst, nämlich mit Bart.) Auch Hamlet's Alter
macht einen längern Aufenthalt zu Wittenberg wahrscheinlich. Der Besuch der Universitäten wird als etwas
Uebliches dargestellt. Denn auch Polonius hat sich an
einer Hochschule gebildet. (III. A. 2. Sc.)

Zu Wittenberg gewann vor allen jungen Männern
der unbemittelte, aber an Geist und Tugend reiche Horatio
des Prinzen Aufmerksamkeit und Achtung, ja die innigste
Neigung und Liebe.

„Seit meine theure Seele (my dear soul $= \varphi i \lambda o \nu$
$\overset{\overset{\scriptscriptstyle 3}{}}{\eta} \tau o \varrho$) Herrin war
Von ihrer Wahl und Menschen unter-
schied,
Hat sie dich auserkoren. Denn du warst,
Als litt'st du nichts, indem du alles littest;
Ein Mann, der Stöß' und Gaben vom Geschick
Mit gleichem Dank genommen: und gesegnet,
Weß' Blut und Urtheil sich so gut vermischt,
Daß er zur Pfeife nicht Fortunen dient,
Den Ton zu spielen, den ihr Finger greift.

Gebt mir den Mann, den seine Leidenschaft
Nicht macht zum Sklaven, und ich will ihn hegen
Im Herzensgrund, ja in des Herzens Herzen,
Wie ich dich hege."

Horatio kannte „keine andere Rente, als seinen
muntern Geist." (III. A. 2. Sc.)

Er wurde schon zu Wittenberg des Prinzen „Schul=
kamerad," aber das vollkommene Freundschaftsverhältniß
schloß Hamlet erst zu Helsingör mit ihm. Horatio gehörte
trotz seiner Armuth dem Hofadel an; denn die Feier=
lichkeiten beriefen ihn von Wittenberg, wie den Laertes
aus Frankreich, an das königliche Hoflager.

Was den Prinzen so tief für Horatio einnahm, war
dessen munterer Geist, der heitere Gleichmuth bei
Glück und Unglück, und eine edle Unabhängig=
keit von jeder Leidenschaft. Zugleich war Horatio
ein gelehrter, aufgeklärter Mann, der an die
Erscheinung des Geistes erst nach der gründlichsten Selbst=
erfahrung glaubte, und selbst nach diesem Erlebnisse
den volksthümlichen Wundersagen nicht unbedingt sich
hingab.

Horatio hatte auch im Kriege sich bethätigt.
Denn er war Augenzeuge, wie der König den beschlitteten
Polacken auf's Eis warf. Bei dem Zweikampfe des
Königs mit dem Norweger Fortinbras war Horatio wohl
noch nicht anwesend: aber er sah den ältern Hamlet in
derselben Rüstung, in welcher er jene That vollbrachte.
Seine vertraute Bekanntschaft mit den Offizieren Bernardo
und Marcellus deutet ebenfalls auf sein Kriegsleben hin.

Bei Hamlet aber entdecken wir keine ähnliche Spur. Sein Schwert ist bloß das Rappier, womit er eine so große Gewandtheit sich angeeignet hat, daß er in der Fechtkunst nicht leicht irgend Einem nachstehen will. Er ist kräftig (V. A. 2. Sc.) von fetter Leibesbeschaffenheit, kurzen Athems, leicht in Schweiß gerathend (V. A. 2. Sc.); das Gesicht trug edle Jugendzüge (III. A. 1. Sc.) unter krausen Locken (I. A. 5. Sc.): das ganze Aussehen war wenigstens für Ophelia „ein hohes Bild." (III. A. 1. Sc.)

Hamlet rühmt sich, er sei „nicht jäh und heftig" (V. A. 2. Sc.), was aber gerade im Augenblicke, wo er dieß versichert, durch die That widerlegt wird. Im Allgemeinen weiß Hamlet an sich zu halten und sich zu verschließen; in so ferne war er „nicht jäh und heftig:" aber im Innern höchst erregbar, voll Gedanken und Bilder, voll Witz und Laune, voll Gefühl und Affekt; von Natur aus munter (II. A. 2 Sc.); aber nach und nach bildete sich eine besondere Disposition zur Melancholie aus (II. A. 2. Sc.) und zu einem Sonderlingswesen, das nur zu leicht sich zum Wahnsinne steigern konnte. (I. A. 4. Sc.)

In diesem Zustande überraschte ihn des Vaters Tod und bald darauf der Mutter Heirat mit dem Oheim. Welt- und Lebensekel bemächtigt sich seiner bis zum ernstlichen Wunsche des Selbstmordes.

Klaudius war zur Zeit des Königs Hamlet nicht beliebt; er stand, wie es scheint, mit dem Bruder nicht am brüderlichsten: doch der Prinz klagt: „Eben die,

welche ihm Gesichter zogen, so lange mein
Vater lebte, geben zwanzig, vierzig bis hundert
Dukaten für sein Porträt in Miniatur." Klaudius gewann
also schnell einen großen Anhang: aber Viele waren
mißvergnügt und der junge Fortinbras hielt diese innere
Unruhe Dänemarks nach dem Verluste des Heldenkönigs
für den geeignetsten Zeitpunkt, die seinem Vater ab-
gewonnenen Länder wieder zu erobern. Hamlet war
beim Volke in hohem Grade beliebt. Klaudius
berücksichtigt gar sehr den Umstand: — daß der große
Hauf' an ihm so hängt:

„Sie tauchen seine Fehl' in ihre Liebe,

Die, wie der Quell, der Holz in Stein verwandelt,

Aus Tadel Lob macht u. s. w." (IV. A. 7. Sc.)

Unter diesen Umständen erhält nun Hamlet die
fürchterlichen Entdeckungen durch den Geist
seines Vaters; zugleich empfängt er den Auftrag,
den Schuldigen zu bestrafen und die Ordnung
wieder herzustellen.

„O schaudervoll! o schaudervoll! höchst schaudervoll!

Hast du Natur in dir, so leid' es nicht;

Laß Dänemarks königliches Bett' kein Lager

Für Blutschand und verruchte Wollust sein!"

Die Art und Weise, wie dieser Befehl zu vollziehen sei, wird vom Geiste nicht positiv bezeichnet,
wohl aber negativ:

„Doch wie du immer diese That betreibst,

Befleck' dein Herz nicht; dein Gemüth ersinne

Nichts gegen deine Mutter u. s. w."

Auch wird der Mord selbst im besten Falle als eine schnöde That erklärt.

Was hätte nun Hamlet eigentlich zu thun?

Was der Geist verschweigen muß, deutet die Dichtung verständlich an. Auch Laertes geräth in Streit mit dem Könige Klaudius; dieser entgegnet dem Racheschnaubenden:

„Wählt die Verständigsten von euren Freunden,
Und laßt sie richten zwischen euch und mir.
Wenn sie zunächst uns oder mittelbar
Dabei betroffen finden, wollen wir
Reich, Krone, Leben, was nur unser heißt,
Euch zur Vergütung geben." (IV. A. 5. Sc.)

Als Laertes von Klaudius hörte, Hamlet habe den Stoß, wodurch Polonius getödtet worden sei, ihm, dem Könige, zugedacht, so stellt er die Frage:

„Warum belanget ihr nicht diese Thaten,
So strafbar und so peinlicher Natur,
Wie eure Größe, Weisheit, Sicherheit,
Wie alles sonst euch drang?" (IV. A. 7. Sc.)

Laertes wurde von Hamlet schwer verletzt; der Prinz leistet Abbitte; jener entgegnet:

„Mir ist genug gescheh'n für die Natur,
Die mich in diesem Fall am stärksten sollte
Zur Rache treiben. Doch nach Ehrenrechten
Halt ich mich fern, und weiß nichts von Ver=
                                    söhnung,
Bis ältre Meister, von geprüfter Ehre,
Zum Frieden ihren Rath und Spruch verleih'n.
                    u. s. w." (V. A. 2. Sc.)

Die Tragödie macht uns also zu wiederholtenmalen auf die Ueblichkeit von hohen Schiedsgerichten aufmerksam, vor denen Prinz und König sich stellen und beugen müssen.

Unbezweifelt war es also Hamlets Aufgabe, den verbrecherischen Oheim vor Gericht zu ziehen, ihn zu entlarven, ihn dem Arme der Gerechtigkeit zu übergeben und überhaupt als der Nächste des Thrones die Staatsordnung wieder herzustellen.

Hamlet fühlte jedoch in den ersten Augenblicken schon, daß er seiner neuen Aufgabe nicht gewachsen sei.

„Die Zeit ist aus den Fugen: Schmach und Gram,

Daß ich zur Welt, sie einzurichten, kam!"

Göthe hat in seiner berühmten Entwickelung diesen Gedanken durch folgende schöne Worte ausgedrückt: „Mir ist deutlich, daß Shakespeare habe schildern wollen: eine große That auf eine Seele gelegt, die der That nicht gewachsen ist. Und in diesem Sinne find' ich das Stück durchgängig gearbeitet. Hier wird ein Eichbaum in ein köstliches Gefäß gepflanzt, das nur liebliche Blumen in seinen Schooß hätte aufnehmen sollen; die Wurzeln dehnen sich aus; das Gefäß wird zernichtet." (Wilhelm Meisters Lehrjahre. 13. Kap. S. 295. I. Thl. 16. Bd. Ausg. 1840.)

Göthe hat durch sein Gleichniß schon den Gedanken angedeutet, warum denn Hamlet zu dieser Mission nicht geeignet war; er drückt jedoch denselben auch noch unmittelbarer aus: „Ein schönes, reines, edles, höchst moralisches Wesen, ohne die sinnliche Stärke, die den Helden macht, geht unter einer Last zu Grunde, die es weder tragen noch abwerfen kann; jede Pflicht ist ihm heilig, diese zu schwer. Das Unmögliche wird von ihm gefordert, nicht das Unmögliche an sich, sondern das, was ihm unmöglich ist. Wie er sich windet, dreht, ängstigt, vor und zurück tritt, immer erinnert wird, sich immer erinnert und zuletzt fast seinen Zweck aus dem Sinne verliert, ohne doch jemals wieder froh zu werden.“ (ib.)

Schon früher findet sich folgende, hier nicht zu über= gehende Stelle: „Zart und edel entsprossen wuchs die königliche Blume, unter den unmittelbaren Einflüssen der Majestät, hervor; der Begriff des Rechts und der fürstlichen Würde, das Gefühl des Guten und Anständigen mit dem Bewußtsein der Höhe seiner Geburt, entwickelten sich zugleich in ihm. Er war ein Fürst, ein geborner Fürst, und wünschte zu regieren, nur damit der Gute ungehindert gut sein möchte. Angenehm von Gestalt, gesittet von Natur, gefällig von Herzen aus, sollte er das Muster der Jugend sein, und die Freude der Welt werden.“ (S. 295—260.)

Ich schrieb diese Worte Göthe's gleich hieher, damit Sie des Nachschlagens überhoben sind. Meine Kritik über Göthe's Kritik können Sie leicht aus meinen bisherigen Entwickelungen ersehen; Anderes aber wird sofort noch sich in's Klare stellen.

Göthe sieht die Ursache der Untauglichkeit „zum blutigen Werke“ hauptsächlich in der blumenartigen

Zartheit des Sprößlings von Majestäten. Die Schilderung erblühte in der Hofluft. Der fette Hamlet ist nicht ein gar so zarter Prinz, und er sagt ja selbst zu Laertes, der ihn am Halse faßt: „Es ist doch was Gefährliches in mir, Das ich zu scheuen dir rathe. Weg die Hand!"

Oder soll etwa die moralische Zartheit gemeint sein? Bei ihm, der, die Depesche verfälschend, eine Art von doppeltem Meuchelmorde begeht?

Diese Motivirung der Untauglichkeit ist also nicht so ganz richtig. Prüfen Sie nun folgenden Versuch!

Wenn wir den Character Hamlets, so wie er in der ganzen Tragödie nach und nach erscheint, näher betrachten, so machen sich besonders zwei Eigenschaften bemerkbar, die ihn zu seiner Bestimmung in eine schiefe Stellung bringen.

Denn zuvörderst einmal ist er von einem hypochon= drischen Denken und Grübeln angesteckt, welches die Thatkraft hemmt und lähmt. Seine ganze Bildung war ja vorzugsweise eine theoretische; die Sphäre seiner Entwickelung war die Schule; statt der Krieger umgeben ihn Schulkameraden; statt der Waffen ergreift er Buch oder Feder; nicht mit dem unmittelbaren Leben beschäftigt er sich, sondern nur mit dem künstlerischen Abbilde des Lebens, mit dem Schauspiele. Er ist genial, ideenreich, ausgezeichnet durch Witz und Scharfsinn und Be= redsamkeit: er gebärdet sich im drangvollen Augen= blicke absichtlich als Redner: „Aber ich beschwöre euch bei den Rechten unserer Schulfreundschaft, bei u. s. w. ... und bei allem noch Theureren, was euch ein besserer Redner an's Herz legen könnte." (II. A. 2. Sc.) Er deklamirt Verse aus dem Gedächtnisse, er dichtet Verse, er docirt über Schauspielkunst: es sind „Worte! Worte! Worte!" Aber warum unterbleibt die That? —

Wie jener Kronos, läßt Hamlets Verstand die neugebornen Kinder, die Gedanken, nicht bestehen, sondern bald nach der Geburt verschlingt er sie wieder. Wie jene Erdentsprossenen, fallen seine Gedanken sich feindselig an und reiben sich gegenseitig auf. Der Gedanke der Rache zuckt hervor; aber der neue Gedanke, höchste Vorsicht sei da nothwendig, drängt ihn zurück. Der Gedanke, der Oheim sei der furchtbarste Verbrecher, durchschauerte sein ganzes Wesen; aber der Gedanke, das Gespenst könnte ein höllisches Blendwerk sein, nimmt in Momenten jener Ueberzeugung alle Kraft.

Der Gedanke, das empfindungslose Nichtsein durch Selbstmord sei besser, als ein so elendes Dasein, drängt sich der düstern Melancholie des Prinzen auf: aber der neue Gedanke an die unergründete Ewigkeit und an die Möglichkeit einer jenseitigen Gerechtigkeit erstickt wieder den Vorsatz des Selbstmordes. Und so läuft diese innere Selbstbekämpfung der Gedanken fort; wenn Hamlet in dieser Stunde etwas beschließt, er weiß selbst nicht, ob er's in der folgenden ausführt, oder wenigstens noch festhält.

„So macht Gewissen Feige aus uns Allen;
Der angebornen Farbe der Entschließung
Wird des Gedankens Blässe angekränkelt:
Und Unternehmungen voll Mark und Nachdruck,
Durch diese Rücksicht aus der Bahn gelenkt,
Verlieren so der Handlung Namen!"

(III. A. 1. Sc.)

Die Gedanken im gesunden Menschen sind Trieb=
federn und Normen des Handelns; desto weniger liegt
es in der ächten Natur der Denkkraft, der That hin=
derlich zu werden.

„Gewiß, der uns mit solcher Denkkraft schuf,
Voraus zu schau'n und rückwärts, gab uns nicht
Die Fähigkeit und göttliche Vernunft,
Um ungebraucht in uns zu schimmeln."

(IV. A. 4. Sc.)

Nur ein ungesundes, grübelndes, skrupel=
haftes, hypochondrisches Denken ist es also,
welches, bald recht bald schlecht in Hamlet die That=
kraft aufhält und unterdrückt. —

Göthes Wilhelm Meister macht den Vorschlag, jede
Erwähnung der Universität Wittenberg von der Tragödie
auszuscheiden. Aber gerade diese Universität im
Hintergrund ist ja das drastische Symbol der
Bildungsart Hamlets, welche seinen eben ge=
schilderten Zustand herbeigeführt hat. —

Während die besprochene Eigenschaft den Hamlet
vom Handeln zurückhält, treibt ihn eine andere
Eigenschaft zum unrechten Handeln an.

Gerade durch das viele Sitzen und Lesen und Schreiben und Brüten mußte sich in Hamlets üppiger Natur desto leichter eine Anlage zu Hypochondrie und Melancholie ansetzen und besonders unter unglücklichen Verhältnissen die jugendliche Heiterkeit immer mehr verdrängen. Affekte schossen aus dem erregbaren Gemüthe heftig auf und Leidenschaften der Liebe und des Hasses legten sich in dessen Gründe. Es ist keine unwahre Selbstanklage, wenn Hamlet sagt: „Ich bin stolz, rachsüchtig, ehrgeizig. —

(III. A. 1. Sc.)

Das schwarzgallige Temperament kocht bei des Geistes Enthüllungen schäumend auf und trübt des jungen Mannes Blick, so daß er des Rechtes Ziel und Weg nicht sieht, sondern nur nach persönlicher Rache schnaubt. Er will nur persönliche Ueberzeugung von der Schuld; dann will er ohne weiteres Rechten — mit eigener Hand — durch Mord — die Strafe vollziehen. Er übt sich zu diesem Zwecke sogar täglich im Fechten. (V. A. 2. Sc.) — Die Gelegenheit bietet sich dar. Er legt die Hand an's Schwert: er zieht es schon hinter dem betenden Klaudius:

„Jetzt könnt' ich's thun, bequem: er ist im Beten,
Jetzt will ich's thun — — Und so geht er
                                        gen Himmel,
Und so bin ich gerächt? Das hieß': ein Bube
Ermordet meinen Vater und dafür
Send' ich, sein einz'ger Sohn, denselben Buben

Gen Himmel.

Ei, das wär' Sold und Löhnung, Rache nicht.

Hinein, du Schwert! Sei schrecklicher gezückt!

Wann er berauscht ist, schlafend, in der Wuth,

In seines Bett's blutschänderischen Freuden,

Beim Doppeln (at gaming = beim Spiele), Fluchen,
              oder anderm Thun,

Das keine Spur des Heiles an sich hat:

Dann stoß ihn nieder, daß gen Himmel er

Die Fersen bäumen mag und seine Seele

So schwarz und so verdammt sei wie die Hölle,

Wohin er fährt." (III. A. 3. Sc.) —

Durch diese Leidenschaft der persönlichen Rache geschieht es, daß er die abtrünnigen Jugendfreunde tückisch in's Verderben schickt: den Vater seiner Geliebten ermordet; Ophelien in Wahnsinn und Tod stürzt und sich selbst den frühen Untergang zuzieht, indem Laertes an ihm für Vater und Schwester Rache nimmt.

Zu dieser Katastrophe wirkte noch eine andere Leidenschaft mit, sein Ehrgeiz. Ich meine hier nicht sein Verlangen nach dem Throne: denn nach dem Tode des Vaters ist ein solches Begehren naturgemäß und löblich. Bei seinem Glauben an die Tugend der Mutter erwartete er mit Grund ihren Rücktritt in trauernde Witwen-Einsamkeit und mit einigem Troste für den schmerzlichen Verlust des Vaters sah er seiner Wahl zum Nachfolger zuversichtlich entgegen. Da reicht die Witwe nach schnell abgetrockneten Thränen

einem neuen Gatten die Hand — dem Klaudius, der
(demnach) zwischen die Erwählung und Hamlet's
Hoffnungen sich eindrängte. (V. A. 2. Sc.)
Der Prinz erhielt zwar für die nächste Königswahl die
vorläufige Stimme und Empfehlung des neuen Herr=
schers (III. A. 2. Sc.); aber der ungeduldige Hamlet
antwortet auf diesen Trost: „Ja, Herr: derweil das
Gras wächst." Er meint, seine „Anwartschaften geh'n
in die Pilze." (ib.) Während dieser höhere Ehrgeiz
nur gebilligt werden kann, wird uns dagegen an Hamlet
noch ein minder edler, ja ein kleinlicher bemerkbar.
Der Kunstreiter Lamord aus der Normandie hatte zwei
Monate vor dem entsetzlichen Ende der Dinge den in
Frankreich verweilenden Laertes als den ersten Fechter
gerühmt:

> „Dieser sein Bericht
> Vergiftete den Hamlet so mit Neid,
> Daß er nichts that, als wünschen, daß Ihr schleunig
> Zurückkäm't, um mit Euch sich zu versuchen."

Und kurz vorher: . . . . . „all' Eure Gaben
Entlockten ihm gesammt nicht so viel Neid,
Als diese eine, die, nach meiner Schätzung,
Vom letzten Rang ist." (IV. A. 7. Sc.)

Der König gründet auf diese Schwachheit
Hamlets den Mordplan; Hamlets Eitelkeit nimmt
des verhaßtesten Mannes Einladung an; er hofft unter
den gestellten Bedingungen den Sieg und läßt weder
durch des Gemüthes düstere Ahnung, noch durch des

Freundes Erinnerung sich von dem Wettkampfe abhalten, der ihm den Tod bringt. —

Hamlets Charakter wird durch die Individualitäten des Horatio, Laertes und Fortinbras noch bedeutsam beleuchtet und völlig durchsichtig gemacht.

Der arme, edle Horatio ist durch seinen bewunderungswürdigen Gleichmuth der schöne Kontrast zur allzureizbaren, kränklichen Empfindsamkeit des Prinzen. Hamlet sieht an ihm eine lebendige Mahnung zu männlicherer Festigkeit gegen die Schläge des Schicksals.

„Du warst

Als litt'st du nichts, indem du Alles littest;

Ein Mann, der Stöß' und Gaben vom Geschick

Mit gleichem Dank genommen." (III. A. 2. Sc.) —

Durch die Bewunderung dieser Tugend an Horatio erquickt er sich in seiner Schwäche, und, indem er ihn als Freund an sein Herz schließt, sucht er eine Ergänzung seines Mangels.

Horatio durchschaut seinen königlichen Freund und macht ihn, jedoch in zartester Schonung, aufmerksam auf die anklebenden Fehler.

Hamlet: „Im Ernst, was führt' Euch weg von Wittenberg?"

Horatio: „Ein müßiggängerischer Hang, mein Prinz."

Hamlet: „Das möcht' ich Euren Feind nicht sagen hören . . .

Ich weiß, ihr geht nicht müßig.

Doch was ist Eu'r Geschäft in Helsingör?"

Und nun erst gesteht Horatio das Wahre:

"Ich kam zu Eures Vaters Leichenfeier."

Der edle Horatio wollte den Prinzen nur an dessen eigenen müßiggängerischen Hang erinnern, da er in der Maske dieses Fehlers dem, der ohne es zu wissen daran litt, sich entgegenstellte. — Von jenem grübelnden Denken zieht er den hohen Freund leise ab durch die Bemerkung: "Die Dinge so betrachten, hieße sie allzugenau betrachten."

Die Handlungsweise des Prinzen gegen Rosenkranz und Güldenstern, und somit die grausame Rache, rügt er sanft nach seinem ersten mißbilligenden Gefühle durch die Worte: "Und Güldenstern und Rosenkranz geh'n d'rauf." —

Er warnet ihn vor dem Zweikampfe mit Laertes: "Ihr werdet diese Wette verlieren, mein Prinz" . . . "Wenn Eurem Gemüth' irgend Etwas widersteht, so gehorcht ihm: ich will ihrer Hieherkunft (des Laertes, des Königs u. d. A.) zuvorkommen und sagen, daß Ihr nicht aufgelegt seid." —

So begleitet Horatio den Hamlet als ein guter Genius, der ihn zum Bessern ermahnte und vor allem Unglück hüten möchte — aber Alles mit einer Schonung, welche die Versuche fruchtlos macht. — Horatio hält sich stets in bescheidener Unterordnung; er überhebt sich nie und der Freund spielt nur die Rolle eines liebenden und verehrenden Dieners.

Er spricht nur in kurzen Antworten und Bemerkungen, wie es einem Hohen gegenüber Sitte ist („Ja mein Prinz; Nein bester Herr" u. dgl.); seiner witzigen Vorstellungsart gestattet er nur flüchtige Ausblitzungen: z. B. „Dieser Kibitz (Osric) ist mit der halben Eierschale auf dem Kopfe aus dem Neste gelaufen." Er bewundert seinen Herrn und läßt durch dessen Rechtfertigung des Verfahrens gegen Rosenkranz und Güldenstern sich zum Ausrufe bewegen:

„Welch ein König!"

Hamlet hat ihm den ganzen Aufschluß des Geistes anvertraut; (III. A. 2. Sc.) er hört vom Prinzen den Entschluß der persönlichen Rache:

. . . . „ist's nicht vollkommen billig,
Mit diesem Arme dem den Lohn zu geben?"

(V. A. 2. Sc.)

Er widerspricht dem Freunde mit keinem Worte. — Er unterliegt ja selbst trotz seiner gewöhnlichen Ruhe der Macht des Gefühls in dem Grabe, daß er nach der tödtlichen Verwundung seines geliebten Herrn unbesonnen nach dem Giftbecher greift und die Uebereilung des Affektes mit dem Nimbus einer falschen Charakterstärke beschöniget:

„Ich bin ein alter Römer, nicht ein Däne."

Wie doch etwa dieser seltsame Ausdruck sich erklärt? —

Gervinus hat das Verdienst, aufmerksam gemacht zu haben auf die beinahe gleichzeitige Entstehung der Tragödie Julius Cäsar, besonders in dem inzwischen erschienenen vierten Bande (1850 S. 43 u. f.)

Der Dichter fündigte wahrscheinlich durch diese ein=
geflochtenen Beziehungen sein römisches Drama dem
Publikum an: z. B. „Ich spielte den Julius Cäsar;
Brutus brachte mich um." Dann die Schilderung:

„Im höchsten, palmenreichsten Stande Roms,
Kurz vor dem Fall, des großen Julius,
standen
Die Gräber leer" u. s. w. (I. A. 1. Sc.)

Der gelehrte Horatio ist es, der diese Worte spricht.
Das römische Leben war sein Lieblingsstudium und er
betrachtete mit Wonne die kräftigen, Schmerz und
Tod verachtenden Charaktere als sein Vorbild.
In dieser antiken Denkungsart spricht er nun, den
Giftbecher fassend, um mit dem Freunde zu sterben:

„Ich bin ein alter Römer, nicht ein Däne."

Der Dichter selbst gab ihm aus diesem Grunde
einen von den Römern entlehnten Namen, der nicht
umsonst an jenen liebenswürdigen, genügsamen heitern
Lyriker erinnert, den klugen Freund des Augustus und
Mäcenas. — Schon Aristoteles in seiner Poetik
legt (Kap. 9.) Gewicht auf die Namen=Setzung
und verlangt dadurch die Erzielung einer Begriffs=
Bedeutung; aber auch die historische Auktorität
der Namen würdigt er im Interesse der Poesie. Er=
heben die Begriffsnamen über die Wirklichkeit, so
verleihen die heroischen Namen der Idealwelt reelle
Beglaubigung. So hat denn auch Shakespeare in
dieser Tragödie symbolische und historische Namen
gebraucht. Die Namen Hamlet (= Amlet) und

Gertrude (= Geruta) gehören der nordischen Sage;
alle übrigen Benennungen sind dichterisch erfunden. Nur
auf die wichtigeren nehme ich Rücksicht. Fengo heißt
hier Klaudius Die Anspielungen lassen sich leicht
erkennen. Der römische Kaiser dieses Namens bestieg
den Thron im 50. Lebensjahre; war ein Mann ohne
kriegerisches Talent; seine dritte Gemahlin war die sinnliche Valeria Messalina: seinen Sohn Britannikus
gab er preis. Mutatis mutandis läßt sich ein Vergleich
ziehen.

Den Ursprung des Namens Polonius entdeckte ich
zufällig bei Studien über Albrecht Dürer. Er nennt
in seinem Tagebuche von 1520 den Maler Tommaso
Vincitore aus Bologna — bald Thomas Polonier
(= Bolognese), bald Thomas Polonius. Der Name
ist also wahrscheinlich aus einer barbarisch behandelten
italienischen Sage geschöpft; auch der Name Ophelia
klingt südlich-romantisch. Ophelia ist ja die
reizend-romantische Erscheinung der Tragödie! —
Rosenkranz und Güldenstern sind deutsche Namen
nicht zur Ehre des deutschen Stammvolkes. — Den
Wechsel zwischen dem italienischen und antik-römischen
Ausgange Klaudius und Horatio, Marcellus und Bernardo erkläre ich mir aus der Absicht, Monotonie zu
vermeiden. Nun noch Laertes und Fortinbras! —

Horatio ist der Kontrast zu Hamlet in Betreff
der Gemüthsart, des Temperamentes, der
Stimmung; die eben genannten stehen ihm in Beziehung auf Thatkraft gegenüber. —

Laertes vermuthet bloß, daß sein Vater auf Befehl des Königs getödtet worden sei; die Vermuthung
ist bei ihm so viel als Ueberzeugung: er fliegt aus
Frankreich herbei, setzt das Volk in Bewegung, bricht
stürmisch ein in die königlichen Zimmer und fordert
vom Könige Rechenschaft.

Wie er hört, Hamlet sei der Thäter, sprüht er
Rache gegen diesen; König Klaudius schürt das Feuer;

       „Was wollt Ihr unternehmen,
   Um Euch zu zeigen Eures Vaters Sohn
   In Thaten mehr als Worten?"

Heftig erwiedert Laertes: „Ihn in der Kirch'
erwürgen!" (IV. A. 6. Sc.) Hamlet hingegen dachte,
als er den Mörder seines Vaters während des Gebetes
tödten konnte: „Nein — jetzt nicht — er betet." —

Hamlet erkennt und bekennt an Laertes den Vorzug
der ritterlichen Rührigkeit und Bravour: „Ich darf mich
dessen nicht rühmen, um mich nicht ihm an Vollkom-
menheit zu vergleichen." Er fühlt sich durch ihn
beschämt:

      „In dem Bilde seiner Sache seh' ich
   Der meinen Gegenstück."

Ja, Laertes ist wirklich nur ein Gegenstück, ein
Extrem gegenüber dem Extrem, ein Uebermaß
gegenüber dem Mangel. Denn ist Hamlet zu bedächtig, so überlegt Laertes keinen Augenblick;
gebricht es jenem an Thatkraft, so daß er als königlicher Prinz nicht einmal das Gericht der Großen zu
berufen wagt, so brauf't der Andere in so übermäßigem

Thatendrange, daß er sofort das Volk aufwiegelt und sich als König Laertes ausrufen läßt. Hamlet spricht zu ihm:

„Ob ich schon nicht jäh und heftig bin" — nämlich — wie du.

Diese maßlose Heftigkeit einer unbesonnenen jugendlichen Thatkraft verleitet den jungen Edelmann sogar zu Meuchelkniffen. Dieselbe Hastigkeit ist aber Ursache, daß er das Rappier verwechselt und die Todeswunde empfängt. Der Name Laertes ist griechisch. Der nordische Amlet hat so große Aehnlichkeit mit Odysseus, dem Listigen, dem Erleger der Freier, daß man sich nicht wundern darf, wenn der Name Laertes durch geistige Wahlverwandtschaft von frühern Bearbeitern des dänischen Stoffes oder von unserem Tragiker selbst herangezogen wurde. —

Der Gegensatz des Ideals gegen den Mangel der Thatkraft ist erst Fortinbras!

Sein Name tönt in englischem Klange und bedeutet: eherne Schanze (fortin = Schanze; bras = Erz).

Er ist der Held! —

Nach dem Tode des Königs Hamlet wirbt er ein Kriegsgefolge, um des Vaters Erbe wieder zu erobern. — Auf des kranken Oheims Befehl, dem er zu Gehorsam verpflichtet ist, hält er den Lauf des Unternehmens inne; doch durch eben dieses Opfer verdient er sich die Bewilligung zu einer andern That. Der

Preis ist zwar gering — nur ein kleines Stück Land:
aber es handelt sich um Recht und Ehre.

>   „Wahrhaft groß sein heißt,
> Nicht ohne großen Gegenstand sich regen;
> Doch einen Strohhalm selber groß verfechten,
> Wenn Ehre auf dem Spiele."

Hamlet fühlt auch hier den Stich.

>   „Wie jeder Anlaß mich verklagt und spornt
> Die träge Rache an! — . .
> So dieses Heer von solcher Zahl und Stärke
> Von einem zarten Prinzen angeführt,
> Deß Muth, von hoher Ehrbegier geschwellt,
> Die Stirn dem unsichtbaren Ausgang beut" u. s. w.

Er wird durch das herrliche Beispiel zwar aufge-
rüttelt; aber — obgleich er „Kraft und Mittel" zur
offenen, rechtlichen, muthigen That zu haben bekennt
— er beschließt doch nur einen persönlichen Rache-
Mord!

>   „O von Stund an trachtet
> Nach Blut, Gedanken, oder seid verachtet! —
>   (IV. A. 4. Sc.)

Hamlet geht zu Grunde und zwar nicht ohne seine
Schuld; der stolze Tod feiert ein großes Fest in seiner
ewigen Zelle; auf Einen Schlag traf er blutig so
viele Fürsten! Doch der Tod des Einen ist das
Leben eines Andern! Das Leben stirbt nicht
aus! Und dieses neue Leben, welches in Dänemark einzieht, ist Held Fortinbras! —
Bei dieser Idee war es für die Dichtung Be-

dürfniß, daß Fortinbras mit seinem Heere den Boden Seelands betrete. Die empirische Wirklichkeit oder auch nur Wahrscheinlichkeit kümmert dabei den Dichter desto weniger, je verworrener und unklarer damals noch die geographischen Vorstellungen des Publikums waren. —

Und wenn Fortinbras so unglaublich schnell aus dem polnischen Kriege wiederkehrt, so ist diese blitzartige Eile seines Sieges nur wieder ein greller Gegensatz zu Hamlets Langsamkeit, wodurch er Thron und Leben verliert. —

Jetzt scheint zwar Manches im Klaren zu sein; aber es bleibt nun vorzüglich noch die wichtige Frage zu beantworten: Warum hat denn Shakespeare dem Hamlet gerade diesen Charakter gegeben, in dem er in der Tragödie erscheint?

Die gründliche und umständliche Beantwortung dieser einzigen Frage böte Stoff genug zur Verfassung eines ziemlichen Buches; doch ich werde das Wesentlichste in dem nächsten Briefe gedrängt zusammenfassen.

Zwölfter Brief.

Auf Ihre Frage, ob denn Shakespeare diese bewunderungswürdigen Genauigkeiten bloß aus genialem Instinkte getroffen, oder mit Ueberlegung und Plan erfunden und angeordnet habe, wird die Antwort, so wie ich sie etwa geben kann, im Verlaufe des Briefes erfolgen: denn der nothwendige Gedankengang hätte mich ohnedieß zu diesem Punkte geführt. —

Zuvörderst fasse ich nun aber meine eigene Frage in's Auge. Will ich die Motive erforschen, warum denn Shakespeare's Hamlet sich gerade so herausstellte, wie er vor uns steht, so muß ich besonders auf den gegebenen Stoff und auf den Endzweck der Tragödie Rücksicht nehmen.

Der nordische Amlet ist ein junger Mann von erstaunlichem Verstande und von eben so großer Thatkraft. Er allein vernichtet nach seiner Rückkehr in der heimatlichen Burg die zahlreichen Feinde. In England besiegt er den Schwiegervater, der an ihm die Blutrache für Fengo vollziehen will. Amlet verschafft sich Schätze, Länder und Ruhm; und als ein solches Glück die Eifersucht des Oberkönigs weckt und bewaffnet, zieht Amlet, obgleich er die Nothwendigkeit des Unterliegens klar vorhersieht, dem Feinde doch unerschrocken entgegen und stirbt den Heldentod. Was ihn aber vor den übrigen nordischen Helden auf eine interessante Weise auszeichnet, das ist seine bis zur Sehergabe gesteigerte Einsicht und vorzüglich seine die Kraft von Kriegsheeren ersetzende List: die merkwürdigste Bewährung dieser List war aber der verstellte Wahnsinn mit seinen wunderlichen Einfällen und mit der schlauen Durchführung. —

Shakespeare hat nun seinem tragischen Helden die

erste Eigenthümlichkeit, die Thatkraft, entzogen, aber die zweite, das Einsichtsvolle und Listige und namentlich den verstellten Wahnsinn hat er ihm belassen und bewunderungswürdig entwickelt.

Aus welchem Grunde hat er ihm denn die Thatkraft entzogen? —

Wären Sie zugegen, so würden Sie mir in die Rede fallen und die Ursache nennen. Fürwahr, sie ist schon in dem früher Gesagten unverkennbar enthalten.

Denn da der Dichter einmal die Kühnheit hatte, den Sieg der göttlichen Gerechtigkeit trotz aller scheinbaren Unmöglichkeit poetisch durchzuführen, so mußte nicht nur die Frevelthat mit einem scheinbar undurchdringlichen Dunkel umhüllt werden, sondern es mußte auch noch derjenige, welcher nach den bestehenden Verhältnissen zum natür= lichen Vollstrecker der Strafe berufen war, hiezu die ungenügendste Tauglichkeit besitzen.

Die Erscheinung des Geistes selbst ist ja schon eine Gewährschaft, daß hier nicht bloß natürliche Kräfte sich bethätigen. Als daher, indeß Hamlet dem Geiste nacheilt, Marcellus bemerkt:

„Etwas ist faul im Staate Dänemark,“

so gibt Horatio die bedeutsame Antwort:

„Der Himmel wird es lenken.“

Hamlet selbst ist unmittelbar nach der Erscheinung des Geistes von der Nothwendigkeit eines höhern Beistandes für die Vollziehung des Auf= trages so durchschauert, daß er stammelt:

„ich, für mein armes Theil,

Seht ihr, will beten geh'n." (I. A. 5. Sc.)

Und bald darauf ruft er im Gefühle seiner persönlichen Untauglichkeit für das auferlegte
Werk:

„Die Zeit ist aus den Fugen: Schmach
und Gram,

Daß ich zur Welt, sie einzurichten, kam!"

Die Welt, die aus den Fugen ist und neu einge-
richtet werden muß, kann hier natürlich nur Dänemark sein. —

Hamlets Weltanschauung ist so wenig naturalistisch,
daß er sogar eine Einwirkung höllischer Geister zur
Täuschung der Menschen, besonders bei gewisser Disposition, für möglich hält. (II. A. am Ende.) —

Desto bereitwilliger glaubt er eine göttliche
Weltregierung. Auf dem Friedhofe äußert er
beim Anblicke eines Schädels, den der Todtengräber
eben aufwarf und umherschlug: „Dieß mochte der Kopf
eines Politikers sein, den dieser Esel nun überlistet;
eines, der Gott den Herrn hintergehen wollte."
(V. A. 1. Sc.) In dem seltsamen Ineinandergreifen
der Zufälle auf dem Meere erkennt er die Lehre:

„Daß eine Gottheit unsere Zwecke formt,

Wie wir sie auch entwerfen."

Und sogleich darauf bemerkt er:

„Auch darin war des Himmels Vorsicht
wach" u. s. w.

Wie Hamlet hört, der Zeitpunkt des Wettkampfes

mit den Rappieren nahe nun, denn der König und
die Königin seien schon auf dem Wege, spricht er be-
klommen:

„In Gottes Namen.“ ... „Du kannst dir (Horatio!)
nicht vorstellen, wie übel es mir hier um's Herz
ist. Doch es thut nichts.“ ... „Ich trotze allen
Vorbedeutungen: es waltet eine besondere
Vorsehung über den Fall eines Sperlings. Geschieht es jetzt, so geschieht es nicht
in Zukunft; geschieht es nicht in Zukunft, so geschieht es jetzt: geschieht es jetzt nicht, so geschieht
es doch einmal in Zukunft. In Bereitschaft sein
ist Alles. Da kein Mensch weiß, was er verläßt;
was kommt darauf an, frühzeitig zu verlassen?
Mag's sein!“

Mit diesen Vorahnungen kommt er zum Wettkampfe und fällt. — Schmach hat Hamlets Thatkraft
getroffen, und Gram hat sein Herz erfüllt: doch
was geschehen sollte, ist geschehen: nicht
Hamlet, die Vorsehung hat es vollzogen.

Hamlet war nicht der handelnde Held, sondern
nur ein ungelenkes Werkzeug: er mußte auf den Verbrecher hingeschleudert werden, um ihn zu Boden zu
schlagen. —

Aber verfinstert sich nicht bei einer solchen Fügung
der Dinge die weise Vorsehung zu einem grausen
Fatum? —

Wenn Hamlet zu einem solchen Werke ungeeignet
war, warum wurde er dazu berufen? Bloß

um jämmerlich zu Grunde zu gehen und dabei Gottes Macht zur Offenbarung kommen zu lassen? —

Hamlet wurde als königlicher Prinz geboren und er war durch diese begünstigte Stellung auch zur angemessenen Ausbildung seiner herrlichen Anlagen mit Nachdruck angewiesen. Hat er nun dieser Pflicht entsprochen? Welchen Antheil der Schuld auch der zu nachsichtige Vater und die verhätschelnde Mutter an dem einzigen Sohne haben mochten: Hamlet trug jedenfalls die Hauptschuld, indem er nur seiner Lieblingsneigung nachhing, nicht aber seinen unverkennbaren Beruf in's Auge faßte. Die Obliegenheiten kamen unvermeidlich heran: die Tauglichkeit war nicht vorbereitet: der Sohn, der Prinz hatte kraft seiner Stellung die Verbindlichkeit, Recht und Ordnung wieder herzustellen und an ihn mußte deßhalb der Ruf ergehen: wenn er durch seine selbstverschuldete Unzulänglichkeit das wichtige Werk auf eine schlechte Weise handhabte und sich dadurch das eigene Verderben zuzog, so dient er nur zum Beweise des allgemeinen Lebensgesetzes, daß ein Jeder, der die ihm angewiesene Stellung der gesellschaftlichen Wirksamkeit nach den ideellen Erfordernissen nicht ausfüllt, mehr oder minder sich und Andere beschädigt.

Während aber Shakespeare seinen Helden von dieser Seite so schwach und thatlos darstellen mußte, ließ er die andere Eigenthümlichkeit — das Geistreiche und Listige — in einem desto glänzenderen Lichte erscheinen. Die Motive hiezu sind für den Betrachter von dem höchsten Interesse! — Erlauben Sie, daß ich etwas weiter aushole; denn es ist nothwendig.

Die dramatischen Elemente im Mittelalter waren die beiden Extreme des Schönen — das Heilige und das Lächerliche. Erblühten die Dramen der Mysterien und Moral aus dem hehren Ernste des in den Völkern lebenden Christenthums, aus dem Glauben an Offenbarung und Legende, aus Tugend und Aszese: so geschah durch Gaukler und Spaßmacher bei dem Volke und an den Höfen, auf dem Markte, im Salon und auf der Bühne den menschlichen Gelüsten nach Erheiterung Genüge. Der Geschmack für das Lächerliche nahm nicht selten eine so ekle Rohheit an, daß Fürsten blödsinnige und melancholische Leute, Tölpel und Vielfraße und Grobiane, häßliche Zwerge, rhachitische Mißgestalten, krumm und schief gewachsene Leute zu ihrem Vergnügen unterhielten. Der Geschmack des Volkes konnte dann natürlich um so weniger immer der edelste sein: die ausgelassensten Zotten und gemeinsten Prügelscenen schienen zur Erschütterung des Zwerchfells unentbehrlich. — Das Lächerliche gewann jedoch auch eine geistige Bedeutsamkeit. Edlere Fürsten suchten und hielten nämlich vorzugsweise solche Hofnarren, welche von ausgezeichneter Begabtheit und Bildung waren, und unter der Form der ergötzlichsten Witze, Sprichwörter und Erzählungen den Herrschern und den Höflingen die lehrreichsten und wichtigsten Wahrheiten sagten. Solche gescheidte Narren waren in Frankreich Brusquet und Angeli,

in England unter Heinrich VIII. William Sommers
und insbesondere unter Elisabeth der unerreichte Jarl-
ton, der populärste Mann seiner Zeit, welcher der
jungfräulichen Königin „mehr Wahrheiten sagte, als
die meisten ihrer Kapläne und ihre Melancholie besser
heilte, als alle ihre Aerzte." Er spielte seine Rolle
nicht nur als gesellschaftlicher Improvisator, sondern auch
auf der Bühne und zwar bei Hof und vor dem Volke.
Er starb 1588. Ein genialer Hofnarr dieser Art
war am Hofe des alten Hamlet, der dem Prinzen un-
vergeßliche Yorik, und was wollen Sie Klareres —
Prinz Hamlet ist ja dessen Zögling und steht in
seinem verstellten Wahnsinne als ein Ideal
des gescheidten Narren vor uns!

Man hat die Frage aufgeworfen, ob Hamlet wirklich
wahnsinnig war, oder nur sich so stellte. Wer
nur mit einiger Aufmerksamkeit und Unbefangenheit die
Tragödie lies't, muß hierüber in Bälde jedes Zweifels
enthoben sein. Hamlet ist zum Wahnsinn allerdings disponirt; sein schwarzer Mantel, die gebeugte
Haltung, alle äußern Anzeichen des Schmerzes, meint
Hamlet, seien „Geberden, die man spielen könnte:"
aber in Ansehung seines Grams gelte ihm kein „scheint,"
sondern nur das „ist."

Dieser Schmerz hat eine Intensität, welche die kranke
Farbe des Subjektes auf alle Objekte überträgt, und
daher diese nicht mehr in ihrem eigenen Lichte erblicken
läßt. „An sich ist nichts weder gut noch böse:
das Denken macht es dazu. (II. A. 2. Sc.) So

scheint ihm die schöne Erde „ein kahles Vorgebirge;" die erquickende Luft und das glänzende Firmament „ein fauler, verpesteter Haufe von Dünsten" u. s. w. — Ein Zustand dieser Art ist gewiß kein gesunder; Hamlet fühlt und weiß es selbst. Er preis't daher seinen armen Freund Horatio:

> . . . . „gesegnet,
> Weß Blut und Urtheil sich so gut ver=
>   mischt" u. s. w. (III. A. 2. Sc.)

Er entschuldigt sich bei Laertes:

> „Der Kreis hier weiß, Ihr hörtet's auch gewiß,
> Wie ich mit schwerem Trübsinn bin geplagt . . . .
> Sein Wahnsinn ist des armen Hamlet's Feind."
>   (V. A. 2. Sc.)

Er fürchtet, das Gespenst sei vielleicht nur ein trügerischer Geist der Hölle:

> „Der Teufel hat Gewalt sich zu verkleiden
> In lockende Gestalt; ja und vielleicht,
> Bei meiner Schwachheit und Melancholie
> (Da er sehr mächtig ist bei solchen Geistern)
> Täuscht er mich zum Verderben." (III. A. 2. Sc.)

Hamlets Auftreten vor Ophelia ist kein künstlicher Schein, sondern ein an Wahnsinn gränzender Zustand. Schon vor der Erscheinung des Geistes, wo nur von der Leichenfeier und vom Hochzeitsfeste die Rede geht, starrt er plötzlich vor sich hin und spricht:

> „Mein Vater — mich dünkt, ich sehe meinen Vater."

Horatio: „Wo, mein Prinz?"

Hamlet: „In meines Geistes Aug', Horatio."

Nicht umsonst ermahnt ihn deßhalb der treue, ver=
ständige Freund, dem Gespenste nicht zu folgen:

„Wie, wenn es hin zur Fluth Euch lockt . . .
Und dort in and're Schreckgestalt sich kleidet,
Die der Vernunft die Herrschaft rauben
könnte,
Und Euch zum Wahnsinn treiben?"

Und als dann Hamlet dennoch dem Geiste folgt,
ruft Horatio:

„Er kommt ganz außer sich vor Einbil=
dung!

Bei diesem Zustande Hamlet's ist es ersichtlich genug,
wie nahe er an den wirklichen Wahnsinn zückt,
wie denn dieß bei genialen Naturen, besonders bei Mu=
sikern, Dichtern und Schauspielern — so oft der Fall
ist: aber im Ganzen genommen bewegt sich über der
Disposition zum wirklichen Wahnsinne doch
nur der künstliche.

Hamlet spricht es ja ausdrücklich aus, sogleich nach
der Erscheinung des Geistes:

„Hier, wie vorhin, schwört mir, so Gott euch helfe,
Wie fremd und seltsam ich mich nehmen mag,
Da mir's vielleicht in Zukunft dienlich scheint,
Ein wunderliches Wesen anzulegen" . . .

Zur Mutter sagt er ausdrücklich genug, sein Schauen
des Geistes sei keine Verzückung und etwas später spricht er:

„Bringt diesen ganzen Handel an den Tag,
Daß ich in keiner wahren Tollheit bin,
Nur toll aus List" (III. A. 4. Sc.)

Hamlet ist also ein kluger Narr und wenn er auch den Schein der Narrheit nur aus vermeintlicher Nothwendigkeit sich umwarf, so spielte er doch seine Rolle mit bewunderungswürdiger Genialität der Ironie und des Humors. „Aesthetische Scheidemünze, von der man nicht weiß, was sie gilt:" höre ich sie halblaut sagen. Sie haben nicht so ganz unrecht. Denn über Ironie und Humor wurde schon so viel gesagt und ge= schrieben, daß der bestimmte Begriff darunter für Manche verwischt wurde. Ich will Sie hier mit keiner ästheti= schen Theorie behelligen, sondern nur an der Dichtung selbst dasjenige nachweisen, was ich so nenne, weil ich keinen geeigneteren Ausdruck dafür weiß. Das ganze Spiel dieses Wahnsinnes ist eine fortgesetzte Ironie im Großen. Aristoteles nennt die Ironie (εἰρωνεία) eine Verstellung, wodurch man weniger scheint, als man ist, im Gegensatze zur Prahlerei (ἀλαζονεία), wodurch man mehr scheinen will, als man ist. Sokrates gab sich durch seine berühmte Ironie den Schein des Nichtwissens, Hamlet gibt sich den Schein des Wahnsinns. Das Motiv der Sokratischen Ironie war Ueberlistung und Verspottung, und deßhalb wird denn auch eine scheinbar unverfängliche Aussage, unter der sich jedoch eine absichtliche Ver= spottung birgt, Ironie genannt. Auch an dieser Ironie ist Hamlet reich. Die ironischen Worte sind keine Lügen, sondern Räthsel. Z. B.:

Hamlet: „Gnädige Frau, wie gefällt Euch das Stück?"

Königin: „Die Dame, wie mich dünkt, gelobt
zu viel."

Hamlet: „O, aber sie wird Wort halten. —

König: „Habt Ihr den Inhalt gehört? Wird es
kein Aergerniß geben?

Hamlet: Nein, nein; sie spaßen nur, vergiften
im Spaß, kein Aergerniß in der Welt . . Ihr
werdet gleich sehen, es ist ein spitzbübischer Handel.
Aber was thut's? Eure Majestät und uns,
die wir ein freies Gewissen haben, trifft
es nicht. Der Aussätzige mag sich jucken, uns're
Haut ist gesund." (III. A. 2. Sc.)

Keine Redensart kann für den verstellten Narren
charakteristischer sein, als die ironische. In der Ironie
verheimlicht Hamlet mehr oder minder seinen Spott
(„Verstecke dich Fuchs" IV. A, 2. Sc.): er sagt
unter dem Scheine der Narrheit die Wahrheit
und treibt so mit seinen Vorstellungen und
Worten ein geistreiches Spiel, und zwar nicht
so sehr aus zufälliger Nothwendigkeit und praktischer
Absicht, als vielmehr aus seiner innersten Eigenthümlichkeit — aus Humor. Denn dieser ist eben die
innerliche, stäte Disposition zu einem solchen
Spiele. Er ist das Kaleidoskop der Subjektivität.
Die plastische Phantasie der antiken Zeit spiegelte die
Außenwelt ab; der Humor reflektirt den Geist selbst.
Wie der Wind der Aeolsharfe und wie der Druck dem
Klavier, dienen ihm die äußerlichen Gegenstände nur
dazu, sich selbst zur Erscheinung zu bringen. Um seine

(möglichste) Freiheit von der Außenwelt zu be-
währen, setzt der Humor das Gegebene in sein
Widerspiel um, das Kleine in das Große, das
Große in das Kleine, das Zeitliche und das Ewige,
das Unendliche und das Endliche, das Schöne und das
Häßliche, das Komische und das Tragische u. s. w. Je
unabhängiger die Vorstellungen von der Außenwelt erscheinen, desto überraschender werden sie und sie steigern
sich bis zur höchsten, originellsten Genialität, aber sie
nähern sich auch oft dem Aberwitz und dem Wahnsinne.
Der Humor verträgt sich nicht mit einer bedeutend nach
außen wirkenden Thatkraft. Er hat mit sich zu thun.
Es ist daher nur wieder eine vortreffliche psychologische
Wahrheit, daß der Dichter seinen Helden ohne That
zum Humoristen schuf. Ist Fallstaff der heitere
und leichtsinnige Humor, so ist Hamlet der
ernste und tiefsinnige Humor. Der Humor
entbehrt der Stätigkeit der objektiven, plastischen An-
schauung: er ist aphoristisch, und wirkt durch Ful-
gurationen des Gefühls, des Witzes, des Scharfsinnes,
der Einbildungskraft. So finden sie den Hamlet ge-
halten. Der Humor treibt sein Spiel unverholen
und habituell: die Form der Ironie nahm
Hamlets Humor nur wegen der besondern Umstände an.
Hamlet wurde dadurch zum Mimen — zum Schauspieler des Lebens, und wie er durch seinen
klugen Wahnsinn mit dem geistreichen Hofnarren zusammenhängt, so bringt ihn der Dichter durch das künstliche
Spiel der Narrheit in Verbindung mit der Bühne.

Schon in seiner Jugend stand Hamlet mit Schauspielern in vertrauter Bekanntschaft und er beobachtete
und studirte mit Interesse ihre Kunst. So wie nun
dieser Umstand einerseits zur Motivirung des verstellten
Wahnsinns mitwirkt, so steht Hamlet andererseits mit
dem Schauspielwesen in so enger Beziehung, daß der
Dichter hinlänglich berechtigt ist, dasselbe bedeutend in
die Tragödie hineinzuziehen. Shakespeare führt uns
ohne die mindeste Störung der Handlung, vielmehr
durch den natürlichen Verlauf derselben — Geschichte
und Theorie der Schauspielerkunst vor Augen.
Das Verständniß eben dieser Beziehungen macht einige
geschichtliche Notizen nothwendig.

Scenische Darstellungen wurden in England noch
im 16. Jahrhunderte bloß von Dilettanten gegeben,
bald von Handwerkern, bald von Singknaben, von Hof-
bedienten und selbst von Beamten. Auf diese Dilet-
tanten=Versuche wird durch die nicht schmeichel-
hafte Erwähnung hingewiesen, daß Polonius den
Julius Cäsar spielte. — Den Dilettanten gegenüber bildete sich in der zweiten Hälfte des 16. Jahrhunderts die Schauspielerkunst aus als ein selbst-
ständiges Geschäft. Unter dem Vorwande, sich für die
Darstellungen bei Hofe einzuüben, spielten die Diener
des Lordkämmerers, Grafen Leicester, vor dem Publikum
in der Stadt, wo eigentlich nur vor der Königin
gespielt werden durfte: dagegen zogen königliche und
herrschaftliche Diener auf dem Lande umher und

machten gute Geschäfte. Der Stadtrath suchte zwar
die unbefugten theatralischen Aufführungen, welche in
der That mit argen Mißbräuchen verbunden waren, durch
wiederholte Erlasse zu unterdrücken. Aber gleichwie die
Triebkraft eines Krautes die stärkste Mauer sprengt, so
war der Lebenstrieb der dramatischen Kunst durch kein
mechanisches Hinderniß mehr aufzuhalten. 1775 erhoben
sich in der City, jedoch auf Räumen, welche zufällig
von der Gerichtsbarkeit des Lordmajors ausgenommen
waren, drei Theatergebäude, nämlich das sogenannten Blackfriarstheater an der Blackfriars-
brücke, dann das sogenannte Theater und der sogenannte Vorhang in Shoreditsch. Im Jahre 1578
standen schon acht Theater in und bei London City,
um 1600 noch drei dazu und unter Jakob I. stieg die
Zahl der Schauspielhäuser Londons auf siebenzehn!
— Die Schauspieler der Stadt waren natürlich
durch die Umstände weit mehr begünstigt, als die auf
dem Lande; daher empfiehlt denn auch Hamlet den
Schauspielern, ihr Glück in der Stadt zu versuchen.
Shakespeare selbst trat beiläufig 1586 dem Blackfriarstheater bei, welches damals das vorzüglichste war, und
unter der Leitung des Richard Burbadge von Strat-
ford, der Heimat unsers Dichters, stand. Burbadge
baute 1593 ein zweites Theater beim Südende der
Londonbrücke, und nannte es Globe. — Shakespeare
bethätigte sich als Schauspieler, als Theaterdichter und
bald zugleich als Mitunternehmer. Sein jährlicher Antheil am Einkommen des Theaters betrug um 1608.

nicht weniger als 133 Pfund, wobei zu berücksichtigen ist, daß der relative Geldwerth damals fünfmal größer war, als jetzt. Um die Zeit, als die Tragödie Hamlet geschrieben wurde, hatten die königlichen S i n g k n a b e n in der Gunst des Publikums alle übrigen Theater, selbst den damals florirenden G l o b e, überflügelt. Auf diesen Umstand bezieht sich das Gespräch des Hamlet und Rosenkranz. (II. A. 2. Sc.) „Es hat sich da eine B r u t v o n K i n d e r n eingefunden, kleine N e s t l i n g e, die immer über das Gespräch hinausschreien, und höchst grausamlich dafür beklatscht werden" u. s. w.

Hamlet: „Tragen die Kinder den Sieg davon?"

Rosenkranz: „Allerdings, gnädiger Herr, den Herkules und seine Last obendrein (nämlich tragen sie davon: die Last des Herkules ist der G l o b u s = Globe-Theater).

Wie hier die n e u e s t e n Verhältnisse der Bühne zur Sprache kommen, so wird auch auf die f r ü h e r e Entwickelung derselben Rücksicht genommen. Die ältesten scenischen Darstellungen waren, wie ringsum in dem civilisirten Abendlande des christlichen Mittelalters, den Mysterien und den Sittenvorschriften gewidmet: M i r a c l e - P l a y s und M o r a l - P l a y s. Auf beide kommt (III. A. 2. Sc.) eine flüchtige Anspielung vor, welche jedoch in Schlegels Uebersetzung völlig verwischt wurde. Es soll nämlich heißen: „Ich möchte solch' einen Kerl für seinen T e r - m a g a n t" (Schlegel: „für sein Bramarbasiren") prügeln lassen; es überherodisirt den H e r o d e s (Schlegel: „es

überthrannt den Tyrannen"). Der bramarbaſirende
Termagant war nämlich ein allbekannter Charakter aus
den Moralitäten, der tyranniſche Herodes aber aus
den Myſterien. — Der Ernſt des Religiöſen
und Sittlichen wurde durch Zwiſchenſpiele
gemildert (Entremeses in Spanien, Entremets in Frankreich, In- oder Enterludes in England). Dieſe Zwiſchenſpiele waren bald prunke Pantomimen (le
Drame muet in Frankreich, Dumbschow, ſtummes
Spiel, in England), bald, wie beſonders in Spanien,
und dann auch anderwärts, Muſik-Getöſe oder
burleske Scenen. Auf beide Arten beziehen
ſich Hamlets Worte: „welche (Gründlinge: die geringere
Klaſſe der Zuſchauer hatte ihren Platz im Parterre)
größtentheils von nichts wiſſen, als von unerklärbaren,
ſtummen Pantomimen und Lärm (noise)."
Die Pantomimen waren ſehr oft Vorſpiele; die
bramatiſchen Interludes bekamen eine bedeutende Ausbildung durch den witzigen Heywood am Hofe der
Königin Eliſabeth. Wir erblicken in unſerer Tragödie
ein ſtummes und ein bramatiſches Zwiſchen-
ſpiel — das erſte als Vorſpiel des zweiten: nur
durfte dieſes nicht als Poſſe erſcheinen. Das Komiſche
brängte ſich nicht bloß als Zuſatz zum religiös-ſittli-
chen Ernſt herbei, ſondern es miſchte ſich auch in die
heiligen Darſtellungen ſelbſt mannigfaltig ein, namentlich in die Moralität, wo das Laſter (Vice oder
Iniquity) als komiſche Perſon auftrat und ſich des
Pflegeſohns gegen den Teufel durch Liſt und Kniff

annahm, bis der Spaß ein trauriges Ende fand. Darauf
wird nur augenblicklich hingedeutet: „a vice of kings!"
= „ein Hanswurst von König" (Schlegel): allerdings
eine freie, deutsche Uebersetzung! —

Während aus dem Erheiternden äußerer Zu=
sätze und innerer Umbildungen, somit aus dem welt=
lichen Elemente der heiligen Spiele das profane
Drama sich volksthümlich entwickelte, trat durch
die gelehrte Kultur das römisch=antike Drama
hinzu, die Komödie des Plautus und Terenz, die
Tragödie des Seneka. Darauf zielen die Worte:
„Seneka kann für sie nicht zu traurig, noch Plautus
zu lustig sein." (II. A. 2. Sc.) Ein Stück aus der
bombastischen Manier der römischen Tragödie ist die
Parthie aus der Erzählung des Aeneas bei Dido von
Ilions Eroberung, und namentlich vom rauhen Pyrr=
hus und von der Königin Hekuba. Durch das antike
Drama kam eine Art von Chor in das englische
Schauspiel: wie z. B. im Faust Marlow's. Chorus
war aber auch eine vorredende und die Darstellung er=
läuternde Person: daher sagt Ophelia zum glossirenden
Hamlet: „Ihr übernehmt das Amt des Chorus, gnä=
diger Herr." (III. A. 2. Sc.) — Aehnlich dem Chorus
war der Prologus (ib.) — Das oben erwähnte
Deklamations=Stück ist in sogenannten Blank=Versen
(= in reimlosen V.) geschrieben; die antiken Vor=
bilder gaben dazu den Anlaß: Marlow's Tamerlan
machte durch die Abstreifung des Reims Epoche. Im
Hamlet finden wir aber auch noch eine Probe der ältern

Manier von gereimten Senaren. So ist nämlich
das Zwischenspiel geschrieben, welches Hamlet selbst ver=
faßte, der also in seinem verstellten Wahnsinne nicht
bloß Schauspieler ist, sondern auch Dichter
und zwar dramatischer. Ja — sogar auf die
nimmer müden Gegner der Bühne — auf die Puri=
taner, welche das Schauspiel als einen Gößendienst
erklärten und verfolgten, vergißt die Tragödie nicht einen
Seitenhieb zu schwingen. Unmittelbar vor dem Beginne
des „stummen Spiels" sagt nämlich Hamlet zu Ophelia:
        „Denn o! denn o!
    Vergessen ist das Steckenpferd!"
    So lautete der Refrain einer alten Volksballade,
worin der Zelotismus der Puritaner verspottet wurde,
welche alle auf Gößendienst hindeutenden Gebräuche aus
der großen Maifeier entfernen wollten. Dazu gehörte
auch eine lächerliche Figur, auf einem Steckenpferd reitend:
the hobby horse, Steckenpferd, hieß dann Roß und
Reiter. —
    Aus der abgeschmackten Aufzählung der verschiedenen
Arten des Drama's könnte ich zwar auch noch das
Pastorale und die Historie ausheben und bespre=
chen: aber der Dichter berücksichtigt hier selbst schon
weit mehr eine theoretische Tendenz als das Ge=
schichtliche.
    Dem hohlen Formalismus und Schematismus der
geistlosen Kunsttheorie des Polonius, so wie der Albern=
heit seiner Kritik wird die lebendige Kunstwissen=
schaft des Hamlet entgegengestellt. Die goldenen

Worte im Anfange der 2. Scene des III. Aktes
bleiben die schönsten Principien der Dramaturgie.
Das Gesetz fordert Maß, Leben, Wahrheit: „paßt
die Geberde dem Wort, das Wort der Geberde an"
. . . . Alles Uebertriebene widerstrebt dem Vorhaben des
Schauspiels, „dessen Zweck sowohl anfangs als jetzt
war und ist, der Natur gleichsam den Spiegel
vorzuhalten, der Tugend ihre eigenen Züge, der
Schmach ihr eigenes Bild, und dem Jahrhunderte
und Körper der Zeit den Abdruck seiner
Gestalt zu zeigen." Bedeutsam ist es auch, daß
Hamlet von allen übrigen Rollen nur im Allgemeinen
spricht, dagegen von der des Narren insbesondere.
Die Tragödie hat ja die Narrheit zum Hauptstoffe,
nämlich die drollige Thorheit von Polonius, den
vollen Wahnsinn an Ophelia, zwischen beiden die
Disposition zum Wahnsinne und das künstliche Spiel des Wahnsinnes an Hamlet. Der
Dichter unterwirft sogar die gegenwärtige Tragödie selbst schon der Kritik — und zwar indem
er das Urtheil des Einsichtsvollen, „der ein
ganzes Schauspielhaus voll von Andern überwiegen
muß;" „dann die affektirten Einwendungen des Pöbels
anführt: „Das Stück gefiel dem großen Haufen nicht,
es war Kaviar (caviare, Störrogen, bes. aus der
Wolga: = ein kostbarer Schmaus, an den sich der
Gaumen noch nicht gewöhnt hat) für das Volk. Aber
es war, wie ich es nahm und Andere, deren Urtheil
in solchen Dingen den Rang über dem meinigen be-

hauptet, ein vortreffliches Stück: in seinen Scenen wohl
geordnet und mit eben soviel Bescheidenheit als Ver=
stand abgefaßt" u. s. w. Das Stück blieb ja bis auf
Göthe unverstanden! Es war Kaviar für die
ganze Welt! —

Und hier erst, verehrter Freund, kann ich Ihre
Frage berühren, ob Shakespeare's Poesie nur eine in=
stinktartige oder eine selbstbewußte war. Ich
glaube, sie war beides zugleich. Ich habe durch all
mein bisheriges Geschreibsel nur Einiges von den
zahllosen Schönheiten dieses Kunstwerkes angedeutet:
aber selbst dadurch muß auch Ihnen bereits eine solche
Weisheit der Komposition im Ganzen
und Einzelnen klar geworden sein, daß eine Ab=
leitung derselben von bloßer Reflexion und Be=
rechnung nicht denkbar scheint. Hier waltet der
das Gesetz in sich selbst hegende Genius!
Diese poetische Natur wirkte aber keineswegs bloß als
Natur, sondern zugleich mit der Gewandtheit, mit
der Sicherheit und mit dem Maße einer viel=
jährigen Bildung, ähnlich dem Adler, der schon seit
Jahren die Fittige schwang und mit Winden und Wet=
tern oftmals gerungen hat. Wenn Sophokles von
Aeschylus äußern konnte, er mache Alles recht, aber
ohne es zu wissen: so darf ein solches Urtheil auf
Shakespeare in seiner schönsten Zeit nicht angewendet
werden. Die Tragödie Hamlet hat von sich das klarste
Selbstbewußtsein, und durch ihre eigenen Aussprüche
ist sie zugleich ihr weisester Kommentar. Diese

Dichtung leuchtet, wie der nächtliche, unergründliche Himmel, mit unzähligen Augen. durch welche wir wonnig in die Tiefen des inneren Lebens hineinahnen können. Und wenn Sie nun, verehrter Freund, diese Kunstwissenschaftlichkeit der Tragödie gehörig würdigen, dann werden Sie auch eben darin den Grund erblicken, warum dieses Drama eine bis auf die Zahl der Scenen sich erstreckende Regelmäßigkeit hat: Shakespeare stellte hier, wie einst Polyklet, seinen Kanon auf.

Nun überblicken Sie, welche großartige und weit ausgreifende Anwendung der Dichter von dem verstellten Wahnsinne des nordischen Amlet machte! —

Gleichwie er durch den Geist der jenseitigen Welt und durch den religiösen Charakter der ganzen Tragödie, soweit es sein Zweck gestattet, leise mit dem heiligen Drama anknüpft, eben so ist die Durchführung des Wahnsinns aus dem weltlichen Elemente der Bühnendichtung entwickelt: die ganze Tragödie ruht über beiden nationalen Grundlagen der dramatischen Poesie und steht als deren harmonische Universität schauerlich und reizend vor unseren Augen. —

Doch während die eben besprochene Seite des Kunstwerkes mit der Romantik des Mittelalters und mit den Ausläufern der Vergangenheit zusammenhängt, weif't die Dichtung mit der andern Seite, wie ein geistiger Magnet, auf den Pol der Neuzeit, der Gegenwart und Zukunft. Shakespeare selbst

erscheint als ein hehrer Janus zwischen beiden Zeit-
altern der christlichen Weltgeschichte. —

Schon als Dramatiker muß er sein Publikum
im Auge behalten und demselben alle Gegenstände möglichst nahe rücken. Der Gegensatz zwischen Helsingör
und der Stadt (Kopenhagen) gleicht dem zwischen der
City und der königlichen Sommerresidenz zu Hamp-
toncastle oder Windsor. Das Schloß von Helsingör
auf hohem Fels am Sund erinnert an das Schloß zu
Dover am Kanal. Dänemark und Frankreich sind sich
so nahe, wie die Engländer und Franzosen. Der Aufenthalt junger Edelherren in jenem Lande der noblen
Manieren war vorzugsweise bei den Landsleuten Shakespeare's üblich: denn in England herrschte die Sitte,
besonders Jünglinge, die zum Staatsdienste bestimmt
waren, nach Frankreich zu schicken. Die Sittenpredigt
über die Trinksucht (I. A. 5. Sc.) stimmt allerdings
mit dem schlechten Rufe, in welchem die Dänen mit
ihrem schwelgerischen Könige Christian IV. damals standen,
genau überein; aber wie sehr diese Moral auf die
Engländer paßt, sagt uns im Othello (II. A. 3. Sc.)
der böse Jago: „Das (Trinklied) lernte ich in England,
wo sie, fürwahr, das Bechern aus dem Grunde verstehen. Eure Dänen, eure Deutschen und eure schmer-
bäuchigen Holländer — he! zu trinken — sind sie
nichts gegen die Engländer" u. s. w. Hamlet schwört
„by saint Patrik," dem irländischen Heiligen. Der
Kunstreiter Lamord ist eine Vorstellung nach englischem
Geschmacke. Das tributpflichtige Vasallenthum Englands

gegen Dänemark war eine nothwendige Voraussetzung
für den Mordplan des Königs Klaudius gegen Hamlet;
der Dichter stützte sich hiebei nicht blos auf die Amlet=
Sage, sondern zugleich auf die allgemein bekannte That=
sache, daß einst Dänen über England herrschten. Sha=
kespeare wollte aber dadurch gewiß nicht einen chronolo=
gischen Anhaltspunkt für das 11. Jahrhundert darbieten;
denn aus der Haltung der ganzen Tragödie ist es klar
genug, daß er die Handlung in eine solche Zeit=
nähe heraufrückt, worin sich bereits der Geist
und Charakter der Gegenwart erblicken läßt:
nämlich der Uebergang der mittelalterlichen Ro=
mantik in die moderne Aufklärung und in pro=
testantische Wissenschaft. Mit scharfem Blick ersah
der Dichter als das Symbol dieser letztern die
auch in England allbekannte Hochschule Wittenberg.
Universitäten erschienen hier überhaupt als die Grund=
lage der gelehrten Bildung. Denn schon Polonius
hatte an einer Universität studirt. England mit Irland
und Schottland hatte damals sieben Universitäten: Or=
ford (seit 1248), Cambridge (seit 1302), Glasgow
(seit 1454), Edinburg (seit 1581), Andrews, Dublin
(seit 1591), Aberdeen (seit 1593). Heinrich VIII.
und seine Tochter Elisabeth waren gelehrt und be=
thätigten sich selbst an Schriftstellerei. Shakespeare's
Zeitgenosse war ein Baco v. Verulam! Die Sucht
nach Gelehrtheit drang in's Volk ein. Der Floren=
tiner Petruccio Ubaldini (vgl. Raumers Briefe aus
Paris II. 70.) schreibt schon 1551 über die Engländer:

„Wer viel Geld hat, läßt Söhne und Töchter stu-
diren, und Latein, Griechisch und Hebräisch lernen;
denn seitdem jener Sturm der Ketzerei in das Land
eingebrochen ist, hält man es für nützlich, die heil.
Schriften in der Ursprache zu lesen. Aermere, die
nicht im Stande sind, ihre Kinder wissenschaftlich zu
erziehen, wollen doch nicht unwissend oder der
Feinheit der Welt ganz fremd erscheinen" u.s.w.

Dieselbe Charakterisirung der Neuzeit blickt im Allgemeinen auch aus der Tragödie hervor. „Das Zeitalter wird so spitzfindig, daß der Bauer dem
Hofmanne auf die Fersen tritt (that the toe of
the peasant comes so near the heel of the courtier,
he galls his kibe: = daß die Zehe des Bauern der
Ferse des Hofmanns so nahe kömmt, daß er seine Frost-
beule verletzt").

Diese in die niedere Volksschichte herabge-
drungene Bildung veranschaulichen uns die Todtengräber mit ihren Witzen und halblateinischen
Phrasen. Zugleich drückt uns aber der Humor des
Dichters durch dieselben den modernen Spott über
die antiquirte Scholastik und über ihre mecha-
nischen Syllogismen aus: er begräbt durch
die Todtengräber das Todte. — Doch großartig
erscheint uns der Umschwung der Zeit in dem Kon-
traste zwischen dem alten und jungen Hamlet. Der
alte Hamlet war ein Held, der sich auf Eisfeldern
mit Polaken schlug; der junge Hamlet ist ein auf
der Hochschule zu Wittenberg gebildeter Gelehrter.

Nicht sein Humor und sein Wahnsinn, sondern sein Genie und seine Bildung repräsentirten die Neuzeit. Der Dichter hütete sich aber weislich, die kirchlich=pole= mische Seite dieser Bildung klarer herauszukehren: ihm war es um etwas ganz Anderes zu thun, um etwas weit Allgemeineres, um etwas rein Mensch= liches. Der scharf blickende Beobachter des Lebens erkannte als das tragische Element der Kultur die Abnahme der Charakterstärke und That= kraft. Es versteht sich von selbst, daß hier nicht von einer nothwendigen, sondern nur von einer mög= lichen und leider nur zu wirklichen Folge der theore= tischen Bildung die Rede ist. Baco von Verulam, der größte Gelehrte Englands, war zugleich vielleicht der schwächste Charakter des ganzen Reiches. Ich will hier auf die Ursachen dieses pathologischen Phäno= mens der Individuen und Völker nicht eingehen. Die Entwickelung Hamlets gibt deutliche Winke. Der Dichter hält ihn der Zeit „als ihr Spiegelbild" vor. Wie Hamlet, ist „der Körper der Zeit" — fett und eng= brüstig geworden:

The fatness of these pursy times:

Die Fette dieser engbrüstigen Zeit.

(III. A. 4. Sc.)

Nicht umsonst ist Hamlet in Deutschland heimischer geworden, als in England. Als gelehrter Melancholiker und als genialer Sonderling ist zwar Hamlet vom Wirbel bis zur Zehe, Zoll für Zoll, ein ächter Sohn Britanniens:

aber als Denker und Grübler, als Theoretiker und Schöngeist ohne praktischen Takt, ohne männliche Entschlossenheit und ohne That — zeigt Hamlet mit der Elite des Stammvolkes im Binnenlande eine Aehnlichkeit, daß man, wenn man betrachtet und vergleicht, aus dem Innern den unheimlichen Zuruf hört: „Sieh da — deutsches Volk — Dieser hier ist Bein von deinem Bein und Fleisch von deinem Fleische: Deutschland, du bist Hamlet und er ist du!" —

(Geschrieben in den Jahren 1850/51.)

Druckfehler.

Seite 8 Zeile 6 v. u. lies Entwürfe statt Entwicklungen.

„ 12 „ 9 v. o. „ Als statt Alt.

„ 12 „ 11 v. o. „ Schweinekofen statt Schweine-
lofen.

„ 23 „ 2 v. u. „ Thau statt Thon.

„ 26 „ 3 v. o. „ in statt In.

„ 21 „ 1 v. o. „ eurer statt einer.

„ 88 „ 5 v. o. „ ißt statt ist.

„ 90 „ 11 v. u. „ pathologische statt phatologische.

„ 92 „ 11 v. u. „ Gewürm statt Gewürn.

„ 180 „ 9 v. o. „ träge statt trüge.